저희는
이 행성을
떠납니다

저희는
이 행성을
떠납니다

— 최정원 장편소설

비룡소

1부

길을 걷다
무지개를 만날

확률

1. 무리 동네에는 ○○○이 산다

굉음이 고막을 때렸다.

원호는 자리에서 벌떡 일어났다. 비명 비슷한 것을 질렀던 것
도 같다. 그런 게 아니라면 학급 전체가 그를 쳐다보며 폭소를
터뜨리진 않았을 테니까.

"꿈꿨냐?"

담임이 화를 낼지 웃을지 고민하는 표정으로 말했다. 사회 시
간에 잠깐 존 것 같은데 담임이라니, 벌써 종례 때가 된 모양이
었다. 원호는 얼굴을 붉히며 자리에 앉았다.

"죄송합니다……."

"그래도 집에 갈 시간은 기막히게 알고 깨네. 재능이다, 재능."

다시 한 번 와르르 웃음이 퍼졌다. 원호는 한동안 고개를 숙이고 있다가 담임의 화살이 칠판 덜 닦은 주번에게 향하자마자 손을 뻗어 옆줄에 앉은 성준의 팔을 찔렀다.

"야."

"아, 왜?"

"아무 소리 못 들었어?"

"무슨 소리?"

정말 무슨 말인지 이해 못 하겠다는 투였다. 그럼 그게 꿈이었다고? 그럴 리가 없는데. 원호는 눈을 찡그리며 귀를 후볐다. 종 백 개를 귓가에 대고 동시에 때리는 것 같은 굉장한 소리였다. 어젯밤에 이어폰을 귀에 꽂고 잔 게 문제였던 것일까? 밤새 혹사당한 귀에 뭔가 이상이 생긴 것인지도 모른다.

몇 장의 가정통신문이 돌고 나서 인사가 이어졌다. 원호는 가방을 짊어지고 일어섰다.

"9시?"

당연하다는 듯 날아오는 게임 제의다. 원호는 고개를 가로저었다.

"오늘은 패스. 바쁘다."

"또 그거냐?"

성준이 입가에 마이크를 대는 시늉을 했다. 누군가가 휘파람을 불었다. 오오, 새 노래 뜨나요? 이번엔 조회 수 20 넘을 수 있나요? 구독자 7로는 힘들죠? 응원인지 야유인지 모를 반응들에 원호는 콧방귀를 뀌며 교실을 나섰다.

"기대하라고. 이번 노래는 진짜 끝내줄 테니까!"

차가운 공기가 코를 훅 찔렀다. 어제부터 갑자기 기온이 떨어지더니 아직 11월인데도 제법 손이 시린 날씨였다.

막 먼저 중앙현관을 나선 1학년들이 욕설 섞인 비명을 질러 댔다. 아직도 철에 맞지 않는 얇은 생활복 차림들이었다. 원호는 왠지 모를 승리감을 느끼며 롱 패딩의 지퍼를 끌어 올렸다.

교문을 나서서 왼쪽으로 돈다. 오른쪽 길은 학생 수의 절반을 채워 주는 아파트 단지로 이어져 있어 항상 와자지껄 붐빈다. 왼쪽으로 난, 초등학교의 담장과 이어진 길고 외진 길이 원호의 집으로 향하는 길이었다.

원호는 이어폰을 귀에 꽂고, 두 손을 주머니에 찔렀다. 둥둥둥— 드럼이 스텝을 밟는다. 천천히, 천천히, 멀리서 한 걸음 한 걸음 다가오듯. 그러다 단번에 이쪽으로 달음질을 치고, 기타가 날카로운 비명을 울리며 날아오른다. 발걸음이 가벼워진다. 고개는 저도 모르게 리듬을 타고 있었다.

지난 삼 주간 밤새워 만든 곡이었다. 무료 배포 프로그램으로 이런 수준의 곡을 만들어 내다니, 자신의 천재성이 믿기지 않았다. 아니, 애초에 이런 멋진 곡을 구상해 낸 시점에서 자신은 천재가 분명했다.

원호는 온라인 크리에이터였다. 채널명은 「송원호의 노래 만들기」. 우직한 제목 그대로, 그의 채널은 그가 자작곡을 만드는 과정을 담은 영상으로 가득 차 있었다. 구상부터 음원 만들기, 녹음과 믹싱 과정까지. 작곡 송원호, 편곡 송원호, 녹음 송원호. 장소는 창고나 다를 바 없는 그의 방, 도구는 PC 한 대가 전부다.

가장 인기 있는 영상은 작년 학교 축제 때 자작 솔로 곡을 부르는 그를 찍은 것인데, 조회 수가 2,300대에 이르렀다. 하지만 안타깝게도 그 히트가 채널의 번성으로 이어지지는 않았다.

그는 지독한 음치였던 것이다.

업로드한 영상 수 24, 구독자 수 7. 그중 2는 부모님.

세간에서 평하기를, 껍데기는 멀쩡한 레알 찐 또라이.

그게 송원호다.

얼른 집에 들어가서 녹음 시작해야지. 오늘은 부모님 가게 일 돕는 것도 패스다. 반응이 괜찮다면 곧 있을 축제 무대에 이 신곡을 들고 올라가 보는 것도 좋을 것 같았다. 앞으로의 일들을 생각하며 한껏 들떠 있는 그때였다. 휴대폰에 알림 하나가 떴다. 구독자 수 1위를 달리는 채널 「찡가 TV와 함께하는 오늘의 발견」에서 새로운 영상을 올린 모양이었다.

원호의 관심사와는 거리가 먼 채널이었다. 하지만 잘나가는 콘텐츠를 공부해 두는 것도 훌륭한 프로의 자세다. 아빠, 엄마도 치킨 가게를 열기에 앞서 브랜드 치킨을 종류별로 다 사서 몇 달을 먹어 대지 않았던가. 그 덕에 지금도 원호는 치킨이라면 치를 떨지만.

— 제가 한번 불러 보겠습니다.

화면이 어둡다. 한밤중인 듯했다. 손전등으로 추정되는 빛 속에서 장갑 낀 손이 철문을 두드렸다. 키득키득 웃는 소리도 들렸다.

"또 이거네."

원호는 눈살을 찌푸렸다.

크리에이터 찡가가 조명을 낮추게 하고 독특한 리듬으로 문을 두어 번 더 두드리자 그제야 반응이 있었다. 철문이 열리기 시작한 것이다. 부자연스러울 정도로 천천히 열리는 문틈으로 드러난 것은, 새파란 비늘이 덮인 손이었다.

13

— 나왔다! 나왔어요!

찡가가 환호성을 지르자 깜짝 놀란 집주인이 문을 닫았다. 허둥지둥 사라지던 손에서 비늘이 싹 사라지더니 살굿빛 피부가 드러나는 장면도 카메라에 담겼다.

— 아, 실례했습니다. 저기요! 인터뷰 좀! 방금 그것 어떻게 하신 거죠? 비늘은 피부 속으로 들어가는 것인가요, 아니면 육안으로 안 보이게 만 하는 것인가요? 원리를 알고 싶은데요!

손이 계속 문을 쾅쾅 두드렸다.

— 반응이 없네요. 하지만 여러분, 아직 포기하지 마세요. 제가 방법을 찾아볼게요. 오늘은 꼭 저 비늘을 제가 직접 만져 보고 말겠습니다.

이번 영상의 마무리도 경찰 출동일 모양이었다. 하긴 지난번에 경찰들과 몸싸움하는 영상도 올라오자마자 굉장한 인기였다. 원호는 한숨을 내쉬며 고개를 들었다. 시야 한편에, 페인트가 드문드문 벗겨진 낡은 아파트가 눈에 들어왔다. 이 영상을 찍은 곳도 저곳이 분명했다. 이젠 보통 사람들은 관심도 가지지 않는 곳. 어르신들은 저것 때문에 동네 집값 떨어졌다고 제일 싫어하는 곳. 그리고 떼돈을 벌고 싶어 하는 인터넷 방송인들의 핫스팟.

그렇다. 우리 동네에는 외계인이 산다.

"이런 게 뭐가 재미있다고 다들…… 아!"

원호가 두 손으로 귀를 막았다. 또 그 소리였다. 고막을 터뜨릴 듯이 날카로운 소리에 머릿속까지 욱신거렸다. 눈물이 찔끔 나올 정도였다. 얼른 무선 이어폰을 빼냈지만 소리는 계속 이어졌다. 정체 모를 이명이 긴 꼬리를 끌며 사그라진 후에도 원호는 지독한 두통 탓에 한동안 허리를 펴지 못했다.

아무래도 병원에 가 봐야겠어. 그렇게 생각하며 겨우 눈을 뜬 원호는 웬일인지 그 자리에 얼어붙어 버렸다.

*

영어 학원의 레벨 테스트가 내일이다. 사회 수행평가 마감도 내일이다. 며칠째 네 시간씩밖에 못 잤는데 오늘도 밤을 새워야 할지도 모른다. 예정에 없던 보충수업 때문에 하교 시간이 늦은 것도 문제였다. 수학 학원에 가기 전에 집에 들러서 오늘치 숙제를 끝내려 했는데 시간이 모자랄 것 같았다. 아니, 지금 당장 학원으로 출발하지 않으면 지각할지도 모른다.

나래는 한숨을 폭 내쉬었다. 걸음이 무거웠다. 이번에도 성적이 떨어지면 엄마 반응이 어떨지 벌써부터 걱정이었다.

"아, 진짜! 하지 말랬지!"

"왜, 왜? 맞잖아. 내가 어제 봤거든?"

"나도 봤어. 너 완전 웃기게 나왔던데. 안 퍼 갈게. 주스 사."

민아, 예지, 그리고 태민이다. 교실에서도 목소리가 제일 큰 셋은 밖에서도 마찬가지였다. 서로 싸우는 것처럼 보일 정도의 기세로 웃고 떠들며, 길목을 완전히 가로막고 있었다. 민아의 눈이 이쪽을 향하기 전에 나래는 얼른 방향을 틀었다.

나래의 집은 아파트 쪽이건만, 걸음은 교문 왼편으로 향했다. 좀 돌아가긴 하지만 저들과 마주치느니 이렇게 하는 쪽이 마음이 더 편했다.

인적이 거의 없이 고요한 길이 그럭저럭 마음에 들었다. 모퉁이 하나를 돌자 저만치 앞에 낯익은 뒷모습이 보였다. 주머니에 손을 찌른 채 흔들흔들 몸을 들썩이는 키 큰 남자애. 다른 애들이 저거 완전 술 취한 아저씨 같지 않냐고 놀리는 그 모습이었다. 정말 그렇네. 나래는 입술을 삐죽 내밀었다.

작년 학교 축제 때가 기억났다. 학교에서 거금을 들여 설치한 축제용 무대 위, 그윽한 조명이 깔리고 새하얀 스포트라이트가 원호를 비췄다. 모두가 '오오' 하는 감탄사를 쏟아 내고 있을 때 띵뚱땅 하는 고전 게임 음악 같은 배경음이 깔리더니 한껏 분위기를 잡은 원호가 음정 박자 모두 제멋대로인 첫 소절을 뽑아냈다.

잠시 침묵했던 관객들이 야유에 가까운 환호성을 내지르는 삼 분 동안 원호는 더없이 진지했다. 마지막 인사를 하고 무대에서 내려가는 순간까지도.

올해도 또 하려나? 음, 설마.

원호가 갑자기 걸음을 멈췄다. 나래는 잠시 고민했다. 그냥 얼굴 마주치는 일 없이 서로 거리를 두고 가다 각자 갈 길 가는 게 좋은데, 이러면 동선이 겹쳐 버린다. 같은 반이 된 지 한 학기가 넘도록 말 한마디 나눠 보지 않은 서먹한 사이인데 갑작스럽게 인사를 주고받는 것도 웃기지 않은가.

그때였다. 원호가 갑자기 귀를 틀어막고 웅크렸다.

"어?"

어디가 아픈 모양이었다. 꼼짝도 못 하고 있었다. 나래는 자기도 모르게 원호를 향해 뛰어갔다. 등에 손이 닿을 만한 거리까지 다가갔을 때 원호가 힘겹게 일어났다.

"괜찮아?"

말을 걸어 놓고, 나래는 그런 자신에게 깜짝 놀랐다. 원호도 그런 모양이었다. 반쯤 입을 벌리고서 넋 나간 표정으로 나래를 돌아보고 있었다. 나래의 얼굴이 새빨갛게 달아오르려는 순간,

"이, 이거……."

원호가 뭔가를 가리키고 있다는 것을 깨달았다.

나래는 고개를 쭉 빼고 원호 너머를 건너다보았다. 그곳에 있는 것은,

"바바……?"

"아기?"

아기였다.

겨우 걸음마나 할까 싶은 아기. 위아래가 붙은 포근한 초콜릿색 옷으로 온몸을 꼭꼭 싸맨 채 바닥에 주저앉아 있는 아기. 뺨이 발그레한 아기가 눈을 동그랗게 뜨고 둘을 올려다보는 모습이 커다란 곰 인형 같았다. 차라리 그랬다면 좋았을 텐데. 고개를 갸웃하며 앞발, 아니 손을 꼼지락거리는 게 아무리 봐도 인형은

아니었다.

어딘가 다른 곳에서 만났다면 귀엽다고 속으로 소리를 질렀을지도 모를 일이었다. 하지만, 지금은 그럴 때가 아니었다.

아기다. 그것도 혼자 있는!

나래는 뒤늦게 화들짝 놀라며 주변을 둘러보았다. 아무도 없었다. 여기엔 그저 원호와 나래와 저 아기 셋뿐이었다. 말도 안돼! 왜 이 아이는 보호자도 없이 혼자서 이런 데 앉아 있는 걸까? 아니, 그것보다도 분명히 아까까진 못 봤던 것 같은데?

길이 내리막길이라 원호 앞까지 시선이 닿았던 것이다. 원호 앞에는 아무도 없었다. 나래가 앞서가는 행인을 의식하지 못했을 리가 없다. 원호와 나래가 혼란에 빠져 그 자리에 얼어 있는 동안, 아기가 비틀대며 일어나더니 뒤뚱뒤뚱 걸어왔다. 그러고는 원호의 바짓가랑이를 붙잡고 옹알거렸다.

"아바."

원호의 얼굴이 창백하게 질렸다.

"아냐! 정말로 아니거든!"

나래 쪽을 바라보며 다급하게 외치는 원호. 머릿속으로 간단하지만 심오한 뺄셈을 마친 나래의 얼굴에 경멸 어린 표정이 떠오르려는 순간,

"어마!"

아기가 나래를 보고 환하게 웃었다.

원호와 나래는 얼빠진 얼굴로 서로를 바라보았다. 바싹 마른 플라타너스 잎사귀가 둘의 발치를 훑고 지나갔다.

2. 보보

아기는 원호의 바지를 꾹꾹 잡아당기고만 있었다. 마치 커다란 장난감을 손에 넣기라도 한 것처럼 기뻐 보였다. 석상처럼 굳은 얼굴로, 원호는 그 약한 힘에도 허수아비처럼 휘청댔다. 먼저 정신을 차린 것은 나래였다.

"미안. 잠깐만……."

나래가 아기 옆에 쪼그려 앉았다. 그리고 아기의 목덜미를 향해 조심스럽게 손을 뻗었다. 긴장으로 굳은 손이 달달 떨리고 있었다. 아기는 잠시 그런 나래를 향해 고개를 갸웃해 보이더니 이내 흥미를 잃고 원호를 가지고 노는 데 열중했다. 원호는 '잠깐만' 지난 후에 나래가 뭔가 그럴싸한 해답을 내놓기를 비는 수밖에 없었다.

나래의 손이 아기의 목에 걸린 작은 이름표를 집어냈다.

"어, 어떡하지?"

"왜? 뭐가, 왜?"

원호는 절망했다. 저 전교 앞자리 순위권 윤나래가 어떡하냐는 상황이면, 뒷자리 순위권인 자기는 도대체 어떻게 해야 한단 말인가.

나래가 이름표를 들어 보여 주었다. 허리를 숙여 그 이름표를 살핀 원호의 눈이 휘둥그레졌다. 나래는 핏기가 가신 얼굴로 입을 열었다.

"이 애……."

"외계인이다!"

이름: 보보

나이: (지구 보정) 만 1세

종족: KMSRX-3

주소: 서울시 G구 J로 340 미래 아파트 205동 301호

안녕하세요. 반갑습니다. 고맙습니다.

혼자 있는 저를 발견하신다면 가까운 주민센터로 연락해 주세요.

원호는 그제야 의문이 풀리는 것 같았다. 그래. 외계인이라면 아무것도 없는 허공에서 뿅 나타나는 것도 가능할 것 같았다. 잘 모르겠지만, 외계인이니까. 사람하고는 다르겠지 싶었다. 원호는 어, 어, 소릴 내더니 휴대폰 카메라를 실행시켰다.

나래가 눈을 깜박이자 원호가 변명조로 웅얼거렸다.

"아니, 그냥…… 실제로는 처음 봐서. 신기하잖아."

"그래."

나래는 살짝 눈살을 찌푸렸다.

아기 옆에 쪼그려 앉아 셀카 모드로 전환한 휴대폰을 들고 팔을 쭉 뻗은 원호가 말했다.

"야, 너도 이쪽 좀 봐봐."

"응? 아니, 난 됐……."

"셋, 둘, 하나!"

엉겁결에 함께 사진까지 찍고 말았다. 나래는 이 모든 상황이 혼란스러웠다. 더 혼란스러운 상황이 곧 닥쳐왔다. 사진을 살펴보던 원호가 탄성을 질렀던 것이다.

"우아! 이것 좀 봐. 이거 진짜 신기하다!"

사진에 담긴 아기의 눈동자가 무지갯빛으로 반짝이고 있었다. 아기의 눈을 다시 가까이서 들여다보니 카메라에 찍힌 것보단

옅어도 밝은색 눈동자 위로 오색찬란한 빛무리가 분명하게 떠올라 보석처럼 반짝이고 있었다.

나래의 머릿속에서 예전에 읽은 적 있는 외계인 상식 사전이 파라락 넘어갔다. 나래가 작은 목소리로 중얼거렸다.

"애, '무지개'인가?"

"무지개?"

혼잣말에 대뜸 큰 소리로 반문하는 원호. 나래는 조금 당황했다가 설명을 시작했다.

"책에서 봤어. 지구 이민 1세대로 도착한……."

아기가 입을 실룩인 것은 그때였다. 오물거리던 입이 사다리꼴 모양으로 변한다 싶더니 아기가 울음을 터뜨렸다. 깜짝 놀랄 만큼 큰 울음소리였다. 둘은 어쩔 줄 모르고 허둥거렸다.

"어어, 까꿍? 아가야, 까꿍?"

아기는 원호의 얼굴을 보더니 더 크게 울기 시작했다.

"어떡하지? 어떡해?"

당황한 원호가 나래를 찾았다. 나래는 어느새 핼쑥해진 얼굴로 뒷걸음질로 저만치 물러나 있었다. 원호가 입을 떡 벌리자 나래가 개미만 한 소리로 말했다.

"안, 안아 줘 봐."

"내가? 나 싫어하는데? 네가 해 봐!"

"아니, 난……."

나래는 고개를 마구 도리질 쳤다. 금방이라도 도망칠 듯한 나래의 기세에 원호는 어쩔 수 없이 아기를 엉거주춤 안아 들었다. 아기는 기다렸다는 듯 원호의 품을 파고들더니 겨우 울음을 그쳤다.

"그쳤다. 오, 그쳤어."

원호가 씩 웃으며 나래를 돌아보았다. 나래는 그제야 머뭇거리는 몸짓으로 원호 곁으로 다가왔다. 히끅히끅 숨을 참는 아기의 눈에 눈물이 방울방울 고여 있었다. 낯선 길에서 혼자 길을 잃고 헤매는 아기였다. 무섭지 않을 리가 없었다.

나래의 머릿속에 문득 오래된 기억 하나가 떠올랐다.

유치원에서 소풍을 간 날이었다. 새로 산 운동화는 나래의 발에 아직 컸다. 오래 신으려면 좀 큰 걸 사는 게 낫다고, 엄마의 목소리는 단호했고 나래는 우물쭈물하다 작게 고개를 끄덕였다. 친구들과 손에 손을 잡고 공원으로 걸어가던 길, 내내 헐떡거리던 신발은 결국 벗겨지고 말았다. 나래는 친구의 손을 놓고 얼른 뒤로 돌아가 신발을 주워 들었다. 다급한 마음에 쑤셔 넣으니 발은 계속 제 위치를 못 찾았다. 반쯤은 울먹이며 겨우 제대로 신발을 신고 몸을 일으켰을 때 나래는 그 길에 혼자 남겨져 있었다.

나래는 몸을 부르르 떨었다. 그 무서운 암담함을, 이 아이도 느끼고 있는 걸까? 갑자기 버릇처럼 뒷걸음질 쳤던 두 발이 부끄러워졌다. 나래는 희박한 용기를 긁어모았다. 쓰다듬어 주기라도 하려고 조심스럽게 아기의 머리로 손을 뻗자, 아기는 화난 듯 고개를 홱 돌려 원호의 가슴팍에 얼굴을 파묻었다. 나래는 마른침을 삼키곤 움츠러든 손을 허리 뒤로 숨겼다. 원호는 그저 속 편하게 와, 나는 도대체 못하는 게 뭐냐. 천재냐. 같은 소리를 중얼거리며 아이를 추어올리고 있었다. 그런 원호가 나래는 조금 멀게 느껴졌다. 늘 그랬지만, 지금 특히 더. 확실히 나래와 원호는 서로 달라도 아주 많이 달랐다.

나래가 이름표 옆에 적힌 주민센터 번호로 전화를 걸었지만 통화 중이었다. 다섯 번을 연거푸 걸었지만 뭐가 잘못되었는지 연결이 되지 않았다. 시간이 점점 지체되니 초조해지기 시작했다. 학원 갈 시간이 다가오고 있었다. 그 모습을 지켜보던 원호가 한숨을 푹 내쉬고는 말했다.

"그냥 우리가 주민센터로 가 보자."

"응?"

"별로 멀지도 않잖아. 나 길 알아. 가자."

"나도?"

"그럼 누구랑?"

당연하다는 듯이 함께 가자고 한다. 그러고는 대답도 듣지 않고 먼저 걷기 시작하는 원호였다. 나래는 손바닥 한가운데가 묘하게 간지러운 느낌이 들었다. 나래가 머뭇거리며 말했다.

"난 학원 가야 하는데……."

"아, 안 돼! 누구는 안 바쁜 줄 알아? 네 학원이 중요하냐, 이 꼬맹이 집 찾아 주는 게 중요하냐?"

그렇게 말하면 할 말이 없었다. 응, 미안. 가자. 모기만 한 소리로 대답하고 말았다. 나래는 시간을 한번 확인하고는 아랫입술을 잘근잘근 씹었다. 그리고 원호 뒤를 따랐다.

주민센터는 걸어서 오 분 남짓 되는 거리에 있었다. 원호는 몇 번이나 아기를 고쳐 안으며 진땀을 흘렸다. 워낙 작고 귀여워서 단순히 그만한 인형 정도의 무게를 상상했던 원호였다. 만만치 않은 노동량에 원호는 걷는 내도록 헉헉댔다. 나래는 원호의 두 걸음 뒤에서 그를 따라갔다. 원호의 어깨 너머로 아기의 동그란 얼굴이 나타났다 사라졌다 했다. 오르락내리락하는 게 재밌는지 까르륵거리고 있었다.

원호는 힘들어서인지 아무 말이 없었다. 나래도 자기가 먼저 말을 걸 수 있는 성격이 아니었다. 괜히 따라왔나 싶었다. 어색한 분위기에 지쳐 갈 때쯤 드디어 주민센터가 나타났다.

"다 왔다!"

원호가 환호성을 지르며 남은 힘을 모아 달리기 시작했다. 나래도 가벼운 발걸음으로 달음질을 했다. 무거운 유리문을 신나게 열어젖힌 순간이었다.

"이러시면 안 됩니다, 선생님."

"이러면 안 되는 건 너희들이야! 응? 이것 봐, 내가 오늘도 병원 가서 약을 타다 먹었다는 거 아니야!"

중년의 남자가 약 봉투를 마구 흔들어 보였다. 주민센터 직원은 그래도 억지웃음을 유지하고 있었다.

"네, 선생님. 저희가 충분히 이해하고요……."

"이해하긴 뭘 이해해! 늬들은 이 동네 살지도 않잖아! 내가 저 놈들 언제쯤 치워 주려나 하고 일 년을 기다리고 이 년을 기다리고 삼 년을 기다리고, 응?"

"그려. 맞어, 맞어."

뒤쪽 소파에 앉아 있던 할머니 둘이 고개를 끄덕였다.

"겨우 이 년 사이에 집값이 반 토막이 났잖어?"

"저것들 싹 몰아내고 불도저로 밀어 버려야 이 동네가 살 만해지지. 어디 사람도 아닌 것들이 사람 행세를 해 가지고 동네에 도깨비 소굴을 만들어 놓고……."

주민센터 직원이 고개를 가로저었다.

"그런 말씀 하시면 안 돼요. 차별금지법으로 처벌받으실 수 있다구요."

"하이고……. 처벌하라 그래. 내 울화병 걸려 죽느니 할 말은 하고 벌받을 테요. 아니, 차별은 같은 사람들끼리 하는 게 차별이지, 저것들이 어디 같은 사람이요? 사람 꼴로 꾸미고 다녀도 거막 어떤 놈들은 원래 다리도 막 여덟 개라 그러고 퍼런 비늘 돋은 놈들도 있다던데, 아이구 징그러워라. 생각도 하기 싫네!"

온풍기 온도가 너무 높아서일까, 나래와 원호의 얼굴이 후끈하게 달아올랐다. 문 옆에 서 있던 직원이 그제야 두 사람을 발견했다.

"무슨 일로 왔니?"

"아, 아니에요. 다음에 올게요."

나래와 원호는 얼른 뒤돌아 나왔다. 누구도 그들을 붙잡지 않았다. 주민센터 밖에 멍하니 선 채로, 둘은 한동안 말이 없었다.

〈대방문의 날〉

교과서에 실린 이름으로는 그렇게 부르는 우주인들과의 첫 접촉은 지금으로부터 오 년 전의 일이었다. 원호도 기억했다. 설을 맞아 들른 할머니 댁 큰방에서, 할머니와 나란히 앉아 둘 말고 다른 식구들은 아무도 관심 없어 하는 트로트 오디션 프로그램을 보던 그날을. 사 주 동안의 대결 끝에 드디어 시작된 결승전이었다. 대망의 우승자를 발표하려던 그 순간에 새파란 알림창이 우르르 뜨더니 속보가 화면을 가득 메웠다. 남산타워 위에 떠 있던 거대한 우주선은 원호의 눈에는 어마어마하게 큰 시계에서 잘못 튕겨져 나온 톱니바퀴처럼 보였다.

그들은 인류가 수백 년 동안 상상해 온 그대로 인류보다 월등한 과학기술을 가지고 성계를 건너 지구에 도달했다. 하지만 그들의 목적은 인류가 수백 년 동안 상상해 온 것과는 전혀 달랐다.

그들은 침략자가 아니었다.

그들은 피난민이었다.

모행성의 기상이변으로 인한 멸종을 피하기 위해 우주를 횡단한 그들은 지구에 도움을 구했다. 그것은 일종의 이민 요청이었다. 과학자들이 긴 시간을 들여 그들을 받아들이는 게 지구 생태계에 큰 악영향이 없을 것이라는 연구 결과를 내놓자 본격적인 수용이 시작되었다. 속속 도착하는 우주선들을 전 세계가 나누어 받아들였고, 지역 곳곳에 이민자들을 위한 마을이 만들어졌다. 정부는 땅과 건물의 원주인들에게 충분한 액수의 토지 보상금을 지급했기 때문에 주민들의 호응도 나쁘지 않았다. 외계인들의 과학기술을 전수받아 국민의 삶도 더욱 윤택해질 것이라고 정부는 열심히 홍보했다.

하지만 누가 보더라도, 보통 사람들의 삶은 시시할 정도로 변화가 없었다.

외계인들도 지구인의 외형을 완벽하게 모사한 채로 거주구 안에서만 지낼 뿐이었다. 종족별 외계어 사전과 기초 회화책이 반짝 유행했다가 서점의 외국어 교육 서가 한구석으로 내몰리고, 별 사건 없이 몇 년의 시간이 흐르자 사람들은 이제 좀 심드렁해진 상태였다. 원호와 나래 동네의 일부 어른들은 제외하고 말이다. 외계인 거주구가 곁에 붙어 있다는 이유로 이 근방이 재개발 구역 선정에서 떨어졌다고 믿는 어른들은 언덕 위의 저 '미래 아파트'를 볼 때마다 이를 갈았다.

원호는 엄마한테 들은 이야기들을 떠올렸다. 지금 주민센터 안에서 난동을 부리는 사람들도 그들일 것이다.

원호는 뒷머리를 벅벅 긁었다.

"어쩔 수 없지. 경찰서로 갈까?"

"응……. 그래."

하지만 경찰서는 지금까지 걸어온 길과 반대 방향으로 두 배는 가야 나타난다. 길게 이어지는 보도블록을 내려다보던 원호는 결국 기가 질리고 말았다. 얼마나 고생해서 왔는데, 왔던 길을 되돌아 다시 가라니 웃기지도 않았다.

"얘네 집, 미래 아파트 몇 동이랬지?"

"뭐?"

나래가 화들짝 놀라며 되물었다.

"저기 바로 보이잖아. 별로 먼 것 같지도 않은데 그냥 직접 데려다주는 게 차라리 빠르겠다."

미쳤어? 이 새끼는 입만 열면 헛소리네? 보통은 그런 말이 돌아왔을 텐데 상대는 윤나래였다. 나래는 그런 식으로 대답하지 않을 것이다.

원호는 새삼 깨달았다. 생각해 보니 윤나래, 얘랑 말 나눠 보는 것도 처음인 것 같았다. 자그마한 키에 제 몸집만 한 가방을 메고 다니는 우리 반 일 등. 편한 체육복, 생활복 놔두고, 봄 여름 가을 겨울 교복 셔츠에 재킷까지 꼬박꼬박 갖춰 입는 모범생. 선생님 질문에는 절대 손 들고 대답 안 하면서 시험만 치면 만점은 쉽게 받는 신기한 애. 쉬는 시간에는 항상 자리에 앉아서 책을 읽거나 학원의 문제집을 풀고 있는 것 같았다. '같았다'라고 말할 수밖에 없는 게, 제대로 관심을 가지고 지켜본 적도 없으니까. 둘은 그런 사이였다. 사실 지금까지 눈도 제대로 마주쳐 본 적이 없는 것 같다.

그런 윤나래가 동그란 안경테 너머로 자신을 똑바로 바라보고 있었다. 살짝 찌푸린 미간. 무슨 생각을 하고 있는 걸까. 괜히 멋쩍은 느낌이 들어 원호는 말을 덧붙였다.

"넌 이만 가라. 나머진 내가 알아서, 아악! 할게."

아기의 손을 머리에서 떼어 냈다. 꼭 쥔 주먹에 머리칼이 네 가닥이나 걸려 있었다. 원호는 이를 악물고 으르렁거렸다.

"흐지므르. 으으, 형 화낸다."

"지금 가는 거야? 미래 아파트로?"

"웅? 그렇다니까?"

"저기, 거주구 근처에 가본 적 있어?"

들릴 듯 말 듯 작은 목소리로 나래가 물었다.

"아니."

"'무지개'의 특징에 대해 혹시 아니?"

"아니. 전혀. 음…… 눈?"

"혹시 가서…… 얘 부모님을 찾을 생각은…… 아니지?"

"응? 왜? 당연히 부모님부터 찾아야지!"

"'무지개'는 부모가 없어. 또래끼리 모아서 철저하게 공동 육아를 해."

나래 목소리는 아주 집중해야 겨우 들릴 만큼 작았다. 묻는 쪽인데도 나래가 오히려 자신감이 없었고, 몽땅 틀린 원호가 오히려 당당했다. 원호는 감탄사를 터뜨렸다.

"너 대단하다. 그런 걸 어떻게 다 아냐?"

"책에서 읽었으니까……. 1학년 과학 부문 권장도서 목록에 있던 거. 음, 나도 같이 갈까?"

권장도서 같은 걸 정말 읽는단 말이야? 근데 방금 영 엉뚱한 말이 따라붙지 않았어? 원호는 바보처럼 되물었다.

"어, 왜?"

"나 옛날에 그 아파트 살았었어. 어릴 때라 잘 기억은 안 나지만 길 안내 정도는 할 수 있을 것 같아. 저 단지 생각보다 커서 처음 가는 사람은 길 헷갈릴 거야."

"너 학원 가야 한다고 하지 않았나?"

나래의 어깨가 굳었다. 작고 창백한 얼굴에서 조금 더 핏기가 사라졌다.

"미안. 싫으면 말고……."

"아냐! 나야 완전 좋지! 저녁 시간 되기 전에 후다닥 다녀오면 되겠다."

사양할 이유가 없었다. 아니, 더없이 좋은 일이었다. 기분이 좋아진 원호가 아기의 동그란 머리통을 쓱 쓰다듬었다. 보들보들 가느다란 머리칼이 손가락 사이로 새는 느낌이 무척 부드러웠다.

"가자! 외계인 아가야! 어, 이름이 뭐였지?"

"보보."

나래가 얼른 답했다. 자기 이름을 알아들었는지 보보가 눈을 동그랗게 뜨고 나래 쪽을 돌아보았다. 나래가 작게 웃고는 말을 이었다.

"집에 갈까, 보보?"

3. 불만한 예감

눈에 보기엔 가까워 보여도 생각보다는 꽤 걸어야 할 것이라
고 했다. 그러면서 곰곰이 뭔가를 생각하던 나래는 잠깐 기다려
보라는 말을 남기고 어디론가 사라졌다. 원호는 주민센터 앞마
당의 등나무 아래 벤치에 주저앉았다. 그리고 보보를 옆에 나란
히 앉혔다. 세상에 태어난 지 일 년 겨우 넘었다는 외계의 아기
는 등나무 가지 사이로 부서져 내리는 햇살이 신기한 모양이었
다. 입을 O 모양으로 만들고는 이리저리 꼬인 그늘을 쳐다보는
데 여념이 없었다.

"으으, 이제 좀 살겠네."

아기를 안고 걷는다는 게 보기처럼 쉬운 일이 아니었다. 롱 패

딩을 입은 탓이기도 하지만 찬바람이 부는 날씨에도 땀이 났던 것이다. 원호는 연신 손부채질을 해 댔다.

"넌 안 덥냐?"

보보는 반응이 없었다.

"이게 아닌가? 어, 안 춥냐?"

이번에도 반응이 없었다. 슬쩍 만져 본 이마가 따스한 것이 괜찮은 것 같았다.

습관처럼 자기 채널의 조회 수를 확인해 보고서, 원호는 혀를 찼다. 벌써 일주일이 넘도록 조회 수에 변화가 없었던 것이다. 어서 새 노래를 녹음해야 하는데. 그럼 구독자 수도 백배는 뛸 텐데. 이번 곡은 진짠데!

원호는 손바닥으로 허벅지를 두드리기 시작했다. 진정한 아티스트는 언제 어디서든 작품을 놓지 않는 법이다. 착착타닥, 착, 박자에 맞춰 첫 소절을 흥얼거렸다.

"나에겐~ 소원이 하나 있지~"

"우리의 소원은 통일이냐, 인마?"

불청객이 불쑥 끼어들었다. 눈살을 찌푸리고 고개를 드니 박태민과 이민아가 눈에 들어왔다. 둘은 막대 사탕을 하나씩 물고 키득대고 있었다. 반갑지 않은 만남이다.

"가사 제대로 구리네. 그건 때려치우고 작년 그 노래나 불러
봐."

"이번 축제에도 나올 거지? 꼭 나와야 해. 이번엔 꼭 내가 영상
뜰 거야. 편집 끝내주게 해 줄게."

"됐고, 갈 길 가라."

원호는 심드렁하게 답했다. 하지만 둘은 쉽게 떠날 기색이 아
니었다.

"걘 뭐야?"

화제가 보보에게 향하자 원호는 얼른 아기를 자기 품에 돌려
안았다. 보보가 저쪽으로 고개를 돌리지 않도록 작은 뒤통수도
단단히 받쳤다. 저 녀석들에게 보보의 정체를 들킬 수는 없었다.

"조카."

"흐응. 그래. 야, 너 오늘 시간 좀 있냐? 알바 하나 할래?"

태민이 비죽 웃었다. 중3이 알바는 무슨 알바란 말인가. 게다
가 좋은 일거리라면 자기들 친한 사이끼리 다 해먹었겠지 굳이
자신에게까지 순서가 돌아올 리가 없었다. 원호가 대답이 없자
민아가 말을 덧붙였다.

"이거 진짜 괜찮은 알바야. 너도 들어 보면 생각이 바뀔걸? 너
'쩡가와 함께하는 오늘의 발견' 알지?"

"알지."

"쩡가가 오늘 미래 아파트에 뜨기로 했거든. 근데 이번 촬영에 도우미가 좀 많이 필요하대. 그냥 소품 하나 받아서 가지고 아파트 주변을 두어 시간만 돌아 주면 오만 원 준다고 했어."

"너희끼리 하지 뭘 나까지 부르냐? 사람 많이 모아 오면 보너스라도 주는가 보지?"

"자식, 똑똑하네."

태민이 어깨를 으쓱했다. 쩡가가 또 외계인 관련 콘텐츠를 준비하는 모양이었다. 역시 이 둘에게 보보를 보여 주지 않기를 잘했다 싶었다.

"됐어. 난 이따 녹음하러 가야 돼."

"아, 네. 뭐 그러시든가요."

태민이 픽 웃었다. 명백한 비웃음이었지만 원호는 신경 쓰지 않았다. 둘은 미련 없이 떠나갔다. 다른 사냥감을 찾으러 가는 것이 분명했다. 원호는 그제야 버둥거리고 있던 보보를 풀어 주었다. 많이 불편했는지 보보는 조금 화가 나 보였다.

"미안. 하지만 저놈들한테 들켰다간 너 집이고 뭐고 쟤네한테 잡혀서 몇 시간 동안이나 영상 찍히고 괴롭힘 당했을 거라구."

"아바?"

"아빠 아니야."

원호는 혀를 찼다. 쩡가는 왜 또 사람들을 모으고 있는 것인지 호기심이 일었다. 무엇이 되었든 별로 교육적인 목적은 아닐 것이 분명했다. 그나저나 가사가 좀 별론가? '소원'이라는 부분은 고치는 게 나으려나?

"오래 기다렸지?"

드디어 윤나래가 돌아왔다. 나래의 손에는 두툼한 보라색 천 뭉치가 들려 있었다. 평소엔 관심조차 두지 않던 물건이지만, 그 이름만은 원호도 알고 있었다.

"그거 설마 아기띠……?"

"맞아. 학교 오던 길에 누가 의류 수거함 위에 놓고 간 걸 봤는데, 다행히 아직 있더라고. 걱정했는데 깨끗해. 이거 하고 안으면 훨씬 편할 거야."

나래는 아기띠를 넓게 펼쳐 보이고는 원호에게 내밀었다. 원호는 멀뚱멀뚱 그 손을 바라보다가 뒤늦게 물었다.

"내가?"

"아……."

나래는 잠시 머뭇거리다가 아기띠 벨트를 주섬주섬 자기 코트 위로 둘렀다.

"이번엔 내가 안을게."

그런 뜻은 아닌데……. 원호는 말할 기회를 놓치고 말았다. 뭐랄까, 중3 남학생이 아기띠라니 뭔가 멋지지 않다고 생각했을 뿐이다. 하지만 생각해 보면 중3 여학생이라고 뭐 별반 다를까.

그사이에 나래는 어설프게 보보를 안아 들고 있었다. 둘은 고군분투 끝에 등 뒤의 버클까지 채울 수 있었다. 등 뒤에 자기 몸뚱이만 한 가방, 앞에도 그만한 아이 하나를 짊어지고서 나래는 이마의 땀을 닦았다.

무겁긴 하겠지만 확실히 안정감이 있어 보였다. 보보도 훨씬 편안한지 작은 머리를 나래 앞섶에 폭 파묻고는 뺨을 기댔다.

가방은 자기한테 달라고 원호가 손을 뻗는 순간, 주민센터 안에서 사람들이 나오려는지 인기척이 들렸다.

"가자."

나래가 급히 말하며 먼저 휙 돌아섰다.

둘은 도망치듯 자리를 떴다.

*

붕, 버스 한 대가 옆을 스쳐 지나갔다. 바닥으로 파고드는 것 같은 한 걸음 한 걸음을 옮기며 나래는 생각했다.

'엄마가 화내겠지?'

뭔가에 홀린 듯한 기분이었다. 평소 같았으면 보보는 원호에게 맡기고 학원으로 곧장 향했을 나래였다. 보보를 발견한 건 원호니까. 그리고 주민센터가 불편하다면 좀 멀리 걷더라도 경찰서로 가는 게 맞았고, 그것도 안 되면 믿을 만한 다른 어른에게 도움을 청할 수도 있었을 것이었다.

하지만 원호는 직접 미래 아파트로 간다는 결론을 내려 버렸고, 그런 원호가 못 미더웠던 나래는 자신이 따라가겠다는 소리를 하고 말았다. 그 순간에는 그것이 최선으로 느껴졌는데 지금 생각해 보면 굳이 그럴 일은 아니었다.

그래도, 그렇게 하고 싶다.

일탈이란 윤나래와 거리가 먼 단어다. 모험도 마찬가지다. 그런 건 책 속에서 접하는 것으로 충분했다.

'아니야. 이건 그냥 길 하나 건너 갔다 오면 되는 일인걸.'

나래는 고개를 가로저었다. 지금 하고 있는 건 그런 거창한 것이 아니다. 어차피 모든 외계인 거주구는 외부에 개방되어 있고 보통의 동네와 다를 바 없으니까. 외계인 거주구가 아니라 그냥 미래 아파트일 뿐이다. 그리고 미래 아파트는…….

"보―"

보보가 옹알거리며 손을 뻗었다. 달콤한 냄새가 나는 촉촉한 손이 나래의 뺨에 닿았다. 따뜻한 느낌이다. 그 생소한 온기에, 나래는 뭐라 말로 설명할 수 없는 이상한 기분이 들었다. 싫은 기분은 아니었다. 마치 프리즘처럼, 신비로운 무지갯빛으로 반짝이는 눈동자 속에 나래가 비쳤다. 나래는 웃고 말았다.

"이젠 나 안 싫어?"

자기도 모르게 중얼거렸다. 가슴이 두근거렸다. 미래 아파트는 나래가 보보만 할 때부터 초등학생이 되어서까지 계속 살아왔던 곳이었다. 그곳에 얽힌 추억도 참 많았다.

며칠째 잠을 많이 못 자서 이상해졌나 봐. 나래는 자신답지 않은 행동을 하는 오늘의 자신을, 그렇게 변명하기로 했다.

"야, 바꾸자."

원호가 대뜸 나섰다.

"괜찮아. 거의 다 왔는데 뭐."

"나도 괜찮아. 심심해서 그래."

원호는 나래가 풀어 주는 아기띠를 얼른 허리에 둘렀다. 나래는 내심 다행이다 싶었다. 사실 아기가 제법 무거웠던 것이다. 크기가 인형만 해도, 인형이 아닌 것이다. 그렇지 않아도 어깨와 허리가 뻐근해지던 참이었다.

횡단보도 하나만 건너 모퉁이를 돌면 미래 아파트 1단지의 입구이긴 했다. 하지만 입구에 들어서도 보보의 집인 2단지까지는 또 걸어야 하니 나래로서는 고마운 일이었다.

의기 충만해서 출발한 주제에 막상 같이 걷기 시작하니 두 사람은 할 말이 없었다. 어색한 분위기를 더 이상 견디지 못한 원호가 말했다.

"확실히 이거 하니까 훨씬 편하네. 잘 찾아왔어. 너 진짜 대단하다."

"뭘……."

"나였으면 보고도 뭔지 모르고 지나쳤을 거야. 확실히 공부 잘하는 애들은 기억력도 좋구나?"

나래는 뭐라고 답해야 할지 알 수가 없었다. 어쩌면 비꼬는 것일지도 모르니까. 하지만 원호는 그저 싱글싱글 웃을 뿐이었다. 민아와는 다른 웃음이었다.

"난 공부는 옛날에 포기했는데, 보보 너는 공부 열심히 해서 훌륭한 사람이 되어라. 음, 사람. 사람 맞지?"

"넌 노래를 잘 만들잖아."

"어? 들어 봤어? 너도 내 구독자야?"

인사치레로 한 말인데 폭발적인 반응이 돌아왔다. 나래는 당황해서 말을 더듬었다.

"아니. 아직."

"구독 좀 해 줘. 내가 이번에 진짜 끝내주는 노래 하나 만들었거든? 오늘 녹음하면 금방 올릴 건데, 알림 갈 거야. 곡은 벌써 나왔는데 먼저 들어 볼래?"

"아, 아니. 완성되면 들을게……."

다행히 모퉁이가 코앞이었다. 이제 1단지 입구가 보일 것이다. 나래는 얼른 길목을 돌았다. 기분이 한껏 좋아진 원호도 신나게 속도를 높여 모퉁이를 돌았다.

둘의 걸음이 딱 멈추었다.

"닫혔네?"

쇠창살 달린 양쪽 문이 굳게 닫혀 있었다. 원호가 먼저 달려가서 문 옆의 경비실을 기웃거려 보았다.

"아무도 없어."

이상한 일이었다. 놀이공원 휴장하는 것도 아니고, 사람들이 계속 오가는 아파트 단지 출입구가 왜 막혀 있단 말인가. 자물쇠는 새것처럼 반짝였다. 나래는 고개를 갸웃했다.

"주 출입구가 바뀌었나 봐."

"뭐? 그럼 또 걸어야 한다고?"

2단지 출입구가 따로 있긴 하다. 하지만 원호의 말처럼 꽤 걸어야 했다. 보보의 집은 이쪽으로 들어가서 단지를 가로지르는 편이 훨씬 가까웠다. 굳이 찾자면 방법이 없는 것은 아니었다.

나래는 길게 이어진 담을 더듬어 보았다. 외계의 손님들이 이주한 이후에 아파트 단지 전체에 세워져, 시에서 꽃담 황토색으로 칠하고 자원봉사자들이 벽화를 잔뜩 그려 넣은 담이었다. 높이가 나래의 허리 정도밖에 되지 않았다.

"넘을까?"

원호가 물었다.

그래 놓고는 대답도 기다리지 않고 긴 다리를 담벼락에 척 걸쳤다. 짧게 고민하던 나래도 결국 팔에 힘을 주고 담을 붙잡았다. 잠을 못 자서 그래. 피곤하니까. 다시 한 번 속으로 중얼거리면서. 두근거리던 심장이 이젠 쿵쾅대기 시작했다.

낑낑대며 몸을 끌어올리는 나래의 시선에 문에 굳게 걸린 자물쇠가 스쳤다. 묘한 불안감이 가슴 한구석을 쿡 찔렀다.

2부

행복을 위해
도망치는

종족

4. 미래 아파트

"진짜네. 잠가 놨잖아?"

'찡가'가 미간을 잔뜩 찌푸리고 휴대폰을 들여다보았다. 사진 속의 미래 아파트 1단지 정문은 단단히 닫힌 상태였다. 둘둘 둘러 놓은 쇠사슬과 쇠사슬을 고정한 자물쇠도 분명히 보였다.

"그러네. 별일이야. 어젯밤까지만 해도 활짝 열려 있었는데."

'보석고양이'가 텀블러를 흔들면서 말했다. 그녀는 실내인데도 선글라스를 끼고 있었다. 안경테 귀퉁이에 새긴 작은 고양이가 반짝 빛났다. 그녀는 '찡가' 팀의 두 번째 BJ였다. 둘은 사전 답사 팀이 오늘 아침에 찍어 온 사진을 두고 머리를 맞대고 있었다.

"뭐 어때? 옆 단지 문은 열려 있다며. 그리 들어가면 되잖아?"

"안 돼. 젠장, 1단지 정문이 화면 더 잘 받는단 말이야!"

쩡가가 소리를 버럭 질렀다. 씹어 뱉는 듯한 쌍욕도 뒤따라 나왔다. 담을 넘는다면 들어가는 것은 문제가 아니었다. 다만 고가의 장비들을 옮기는 게 번거로워진 것에 화가 났다. 오늘은 꽤 많은 전문 장비들을 대여해 놓았고 그중에는 무게가 만만찮은 것들도 적지 않았다. 차에 실은 채로 정문을 통과하는 영상을 오프닝으로 찍고 본게임을 진행할 생각이었는데, 이렇게 되면 계획을 새로 짜야 했다.

보석고양이는 같은 BJ라도 아직은 쩡가의 유명세에 함께 묻어가야 하는 처지였다. 그녀는 쩡가의 눈치를 살피며 말했다.

"그럼 어떻게 해?"

"차는 옆문으로 오라고 하고 나는 정문 넘는 걸로 가자. 문이 잠겨 있다는 것도 이야깃거리가 될 거야. 그렇지. 난관이 좀 있는 쪽이 재미있지."

쩡가의 머릿속에서 오늘 밤의 계획이 새롭게 착착 정리되기 시작했다. 쩡가는 고작 이십 대 초반의 나이에 개인 방송과 콘텐츠 수익이 국내 크리에이터 중 다섯 손가락 내에 들었다. 이쪽 분야의 계산은 누구보다 빨랐다.

"고양이 너도 제대로 해라. 오늘 '그것' 제대로 못 찍으면 장비 값 본전도 못 찾아."

"당연하지. 벌써 알바하겠다고 모인 인간들만 스무 명이 넘는 걸. 충분해."

"너무 시끄러워도 눈에 띄니까 열 명으로 추려. 잡스러운 데 힘 빼지 말고. 오늘 우리 목표는 '무지개'라는 걸 잊지 마."

무지개. 꿈과 희망이 가득한 별명으로 더 유명한 종족명 KMSRX-3. 계획대로만 된다면 오늘 영상으로 떼돈을 벌게 될 것 이다.

스태프가 사전 녹화 준비가 완료되었음을 알렸다. 찡가는 고가 브랜드의 스웨터를 벗고 촌스러운 체크무늬 셔츠를 걸치고 서, 정수리에 얹었던 뿔테 안경을 내려 썼다. 턱을 크게 벌렸다 닫으며 얼굴 근육을 풀고 나니 삐딱하던 인상이 온데간데없이 사라졌다. 누가 봐도 해맑고 천진한 개구쟁이의 모습이다. 보석 고양이는 매번 이 변신이 놀랍기만 했다.

"그런데 그 이야기, 진짜야? 무지개한테 정말 그런 능력이 있 다고?"

"외국에서 샌 자료인데, 증거는 없지. 직접 봤다는 놈도 없고."

"뭐?"

"그래서 우리가 그걸 찍어 보겠다는 거잖아. 제대로. 멋지게. 세계 최초로. 이 판은 말이야, 무조건……."

몇 번 목을 가다듬자, 신경질적이던 목소리가 경쾌하게 변했다.

"빠른 놈이 이기는 거야."

*

담 안쪽으로는 잔디밭이 이어져 있었다. 황금색으로 빛이 바랬지만 푹신한 잔디가 원호와 나래를 받아 냈다.

"오."

원호는 감탄했다. 외계인 거주구라고 뭔가 특별한 것을 기대한 것은 아니지만, 이토록 평범할 줄은 몰랐던 것이다. 곳곳에 잘 쓸어 모은 낙엽 더미가 쌓여 있고 나뭇가지도 단정히 정리되어 있는 흔하디흔한 대규모 아파트 단지였다. 지은 지 사십 년이 넘어 건물이 낡긴 했지만 그마저도 자연스러워 보였다. 어색한 것은 딱 한 가지였다.

"아무도 없네."

나래가 지적했다. 원호도 고개를 끄덕였다. 갑자기 보보가 발버둥을 치기 시작했다.

"야, 야, 보보! 가만히 있어 봐."

"집에 가까이 온 걸 아나 봐."

원호가 아기띠를 풀어 바닥에 내려 주자 보보는 까르륵 웃으며 걷기 시작했다. 둘은 아장아장 걷는 아기의 뒷모습을 왠지 모르게 흐뭇한 눈으로 바라보았다. 드디어 은행나무 기둥을 짚는데 성공한 보보가 둘을 돌아보았다.

"으갸!"

"그래. 잘했네!"

원호가 박수를 막 치려는 순간이었다. 보보가 사라졌다. 번쩍, 뭔가 빛난다 싶더니 눈앞에서 완전히 없어져 버린 것이다. 둘의 얼굴이 사색이 되었다.

"보보?"

"보보야!"

어디선가 까르까륵 웃는 소리가 났다. 분명히 요 근처에 있긴한 모양이었다. 확실히 원호의 귀가 밝았다.

"소리 들리지?"

"소리?"

"안 들…… 엇, 이번엔 들렸지?"

"응! 눈에만 안 보이게 된 건가 봐."

"아까도 이런 식으로 돌아다니다가 우리 눈에 띄었나 보다. 어, 잠깐만. 보보? 보보야! 말 좀 해 봐!"

보보는 놀이라도 하는 줄 아는 모양이었다. 그저 신난 투로 옹알이를 해 댔다. 나래와 원호가 허둥지둥 팔을 휘저으며 이리저리 움직여 보았지만 손에 잡히는 건 아무것도 없었다. 정신없이 헤매던 원호의 발밑에서 철컥하는 소리가 났다.

"윤나래……."

"잡았어?"

"아니, 나 뭔가 밟은 것 같아."

동물 배설물 정도로 생각한 나래는 애석하다는 표정을 지었다. 원호는 애가 타서 마른침을 삼켰다.

"지, 지뢰인가 봐."

"뭐?"

기함한 나래가 곧 고개를 가로저었다.

"그럴 리가 없어. 서울 한복판에 지뢰가 왜 있어?"

"진짜라니까? 철컥! 하고 뭔가가 밟혔다니까? 나, 나 좀 도와 줘. 발 떼면 터질 것 같아."

"아, 알았어. 기다려!"

도와줄 사람을 찾아야 했다. 나래가 막 몸을 돌리려는 참이었다. 머리 위에서 넓적한 플라타너스 잎사귀 하나가 떨어지더니 원호의 뒷덜미에 달라붙었다. 으아악! 원호는 반사적으로 비명을 지르며 손으로 목을 털었다. 발이 땅에서 떨어졌다.

원호의 눈앞에서 새하얀 빛이 터져 나왔다.

이렇게 죽는구나. 말도 안 돼. 이럴 수는 없어!

안녕하세요! 미래 아파트 발전협의회 후원 성격유형검사에 응해 주셔서 감사합니다. 본 검사는 50개의 문항으로 이루어져 있으며 개인정보는 기록되지 않고 곧장 폐기됩니다.

발랄한 목소리였다.

이게 뭐야? 원호는 질끈 감았던 눈을 조심스럽게 떠 봤다. 그는 하얗게 칠해진 방 안에 있었다. 현실감이 없는 공간이었다.

나이와 성별, 이름을 입력해 주세요.

눈앞에 총천연색의 홀로그램 문자판이 떠올랐다. 조잡한 가상현실 안에 들어와 있는 느낌이었다.

"……뭐가 뭔지 하나도 모르겠네. 안 죽었으면 된 거지?"

코를 긁으며 고민하다가, 원호는 눈앞의 조작판을 대강 두드
렸다.

안녕하세요, 천재싱어송라이터 님. 그럼 검사를 시작합니다. 응답은
수정하실 수 없으니 신중히 선택해 주세요!

띄어쓰기를 할 걸 그랬다. 듣기가 영 어색했다. 원호는 질문
50개에만 대답하고 나면 나갈 수 있겠다 생각하니 마음이 한결
가벼워졌다. 얼른 대충 처리해 버리고 이런 장난질을 한 놈을 찾
으러 가고 싶었다. 물론 보보를 찾는 게 우선이지만.

저녁 식사를 배달시키려 합니다. 메뉴를 선택해 주세요.
1) 짜장면 2) 짬뽕 3) 볶음밥

왜 반반 메뉴는 없어? 탕수육은? 원호는 혀를 찼다.

같은 시각, 나래도 손톱 끝을 잘근잘근 깨물고 있었다.

안녕하세요, 윤나래 님. 그럼 검사를 시작합니다. 응답은 수정하실

수 없으니 신중히 선택해 주세요!

허공을 향해 고개를 끄덕이자 질문이 나타났다.

간단한 메모를 작성해 전달해야 합니다. 선호하는 필기구를 선택해
주세요.
1) 연필　2) 샤프　3) 펜

첫 문항부터 어려웠다. 연필심이 종이에 긁히는 사각거리는
느낌을 가장 좋아하지만 매번 깎아 쓰는 것이 번거로워 샤프를
주로 사용하던 나래다. 하지만 나래 혼자 볼 게 아니라 누군가에
게 전달해야 하는 메모라면 펜으로 깔끔하게 적는 게 나을 수도
있지 않을까? 마침 지난주에 산 펜이 필기감이 부드러워 마음에
들던 참이었다.
한참 동안 고민하고, 나래는 자신 없이 2번을 골랐다.

카페에 왔습니다. 음료를 골라 주세요.
1) 오렌지 주스　2) 우유　3) 커피　4) 핫초콜릿

추운 날씨니까 따뜻한 음료가 좋겠지만 핫초콜릿은 너무 달아서 잘 못 마신다. 커피는 몸에 맞지 않고 우유도 마시면 배가 아파서 피하는 편이었다. 하지만 그렇다고 이 추운 날씨에 오렌지주스를 마실 수는 없지 않은가. 질문을 다시 보니 주문 시점의 계절이 제시되어 있지도 않다. 나래는 힘겹게 홀로그램 버튼을 눌러 답안을 골랐다.

세상에 이런 성격 검사가 어디 있나. 이런 질문으로 사람 성격을 어떻게 파악하겠다는 것일까? 질문지도 선택지도 엉망진창이다. 아니, 무엇보다 아파트 잔디밭에서 이런 걸 왜 하게 만든 걸까?

친구의 초대를 받아 파티에 왔습니다. 어떻게 할지 선택해 주세요.
1) 먹을 것을 찾는다. 2) 춤을 춘다. 3) 사교적인 대화를 나눈다.
4) 구석의 의자에 앉아 쉰다.

"친구 초대라니⋯⋯."

친구라고 부를 만한 애가 없는걸. 파티라면 초등학교 저학년 때 생일 파티 몇 번 가 본 것이 다였다. 나래는 깊이 심호흡을 했다.

가정하는 거야. 초대받아 갔다고 가정하고 선택하자. 무척 긴장하고 있을 테니 먹을 것 생각은 안 날 테고, 춤은 출 줄 모른다. 사실 그냥 구석의 의자에 앉아 쉬고 싶지만 그랬다가는 초대해 준 친구가 안 좋게 생각할 수도 있으니까 사교적인 대화를 나누어야…… 사교적인 대화라니, 그건 도대체 어떻게 하는 건데?

손에 땀이 차기 시작했다. 이럴 때가 아닌데 자신은 왜 이렇게 고민이 많은 것인지 한심해졌다. 보보가 기다리고 있을 것이다. 어쩌면 위험한 상황일지도 모른다. 그렇지만, 엉망진창으로 답을 했다간 검사에 통과하지 못해 뭔가 다른 문제가 생길 수도 있지 않을까?

넌 무슨 고민이 그렇게 많아?

걔 좀 답답해.

이상한 애야. 그런데 공부는 또 잘하잖아. 짜증 나.

흔히 들어오던 말이다. 자신에 대한 평가는 자신이 제일 잘 안다. 엄마도 한숨을 내쉬며 말했었다.

넌 왜 그렇게 자신감이 없니?

눈물이 나올 것만 같았다.

"아이고, 학생! 울지 말어!"

별안간 낯선 목소리가 들려왔다.

"잠깐만 기다려 봐, 학생. 내가 금방 꺼 줄게."

갑자기 눈앞이 핑글 돌더니 풍경이 바뀌었다. 다시 아파트 잔디밭이었다. 낯선 할아버지 한 분과 보보를 안은 원호가 걱정 가득한 얼굴로 나래를 들여다보고 있었다.

"어우, 야! 괜찮아?"

원호의 물음에, 나래는 어설프게 고개를 끄덕였다. 원호가 보기에는 하나도 안 괜찮은 표정이었다.

"너도 성격유형검사 아니었어? 뭐 이리 오랫동안 못 끝내고 그러고 있었냐?"

"미, 미안……. 내가 좀 많이 느려서……."

나래는 얼른 눈가를 훔치고 화제를 돌렸다.

"보보 찾았네?"

"응? 응, 뭐."

원호가 머쓱해하며 대답했다.

"그 '방범 장치'가 좀 사람 귀찮게 하기는 하지. 많이 놀랐나 보구먼."

할아버지가 주름 가득한 얼굴로 웃었다. 나래가 원호를 돌아보자 원호가 어깨를 으쓱하곤 답을 내주었다.

"이 아파트 경비시래."

그러고 보니 할아버지는 아파트 마크가 새겨진 남색 점퍼 차림에 모자까지 눌러쓰고 있었다. 할아버지가 원호가 밟았던 바닥의 금속판을 만지작거리는 동안 원호가 그동안 있었던 일을 설명해 주었다. 오십 개나 되는 문항들을 일일이 살피기도 귀찮았던 원호는 되는대로 선택지를 누르며 검사를 끝내 버렸다고 했다. 그러자 다시 본래의 장소로 돌아올 수 있었는데, 그 사이에 겁을 먹은 보보가 바닥에 주저앉아 울고 있는 걸 발견하고 한참 동안 달래서 겨우 진정시킬 수 있었다는 것이다. 그때까지도 나래는 멍하니 허공을 바라본 채 서서 불러도 대답도 없고 잡고 흔들어도 반응이 없었다고 했다. 처음엔 둘 다 그랬을 테니 보보가 놀란 것도 당연했다. 도무지 돌아올 기미가 안 보여 원호가 이걸 도대체 어떻게 하나 걱정하고 있었는데, 그때 이 할아버지가 나타났다는 이야기였다.

허리가 구부정한 백발의 할아버지였다. 놀라서 관리실에서 여기까지 뛰어오셨다는 말까지 듣고 나니 나래는 큰 잘못을 저지른 것만 같았다.

"죄송합니다……."

"죄송하긴, 그게 내 일인데. 이제 좀 괜찮으냐? 그래도 '학자'가 설치해 놓은 장치에 걸려 다행이지 '고슴도치' 쪽 장치에 걸렸으면 큰일 날 뻔했지 뭐냐."

"어, 그런데 할아버지! 학자는 뭐고 고슴도치는 뭐예요? 장치는 또 뭐구요? 방범 장치? 아까 그걸 그렇게 불러요?"

원호가 질문을 쏟아냈다. 마침 나래도 궁금하던 차였다. 나래는 속으로 열심히 원호를 응원했다. 할아버지는 허허 난처한 듯 웃더니 몸을 일으켰다.

"요새 웬 불한당 같은 놈들이 자꾸 주민들을 귀찮게 해서 말이다. 처음엔 그냥 참았는데 점점 도가 지나치더니 다치는 사람까지 나오니까 이젠 그냥 넘길 수가 없게 됐지. 그래서 정문도 닫았고, 주민 회의에서 우리끼리 자체적으로…… 음, 몇 가지 방범 장치 비슷한 것을 만들어 여기저기 설치하기로 했거든. 반쯤은 재미로 참여한 쪽도 있는 것 같더라만, 지금 너희가 밟은 게 1단지 '학자'들 쪽에서 만든 장치란다."

할아버지는 숨이 차는지 잠시 말을 멈추었다.

"학자?"

원호가 되묻자 나래가 대신 말을 받았다.

"별명이야. 정식 종족 명은 S. 음…… 우주 이민을 주도했던 종족이야. 다른 종족들에 비해 지적인 호기심이 특별히 더 많다고 적혀 있었어."

"그렇지. 학생이 잘 아는구만. 거 101동 동대표가 못된 놈들 속 좀 들여다보자면서 만들었다고 하더라고."

그래서 성격유형검사였구나. 나래가 허탈하게 중얼거렸다. 저런 문항들로 도대체 어떻게 사람 속마음을 알아내겠다는 건지 알 수 없었지만, 자신이 참견할 일은 아닌 듯싶었다. 어쩌면 정말 재미로 만든 것일지도 모를 일이고. 어쨌거나 적어도 침입자들의 발을 묶는 역할은 확실하게 해내고 있는 것 같기도 했다.

고슴도치의 장치는 예상한 그대로였다. 바닥에서 뾰족한 것들이 우르르 돋아 나와 발바닥을 찌르게 되어 있는 장치라고 했다. 말랑말랑해서 상처가 나진 않지만 꽤 아프다는 설명이었다.

"내 경비원 생활 삼십 년에 이런 것까지 관리하게 될 줄은 몰랐지."

말은 그렇게 하면서도 할아버지는 꽤 즐거워 보였다. 원호는 이해가 가질 않았다.

"힘들지 않으세요?"

"흠, 글쎄다. 난 이 아파트에서만 삼십 년 동안 죽 일했거든? 삼 년 전에 이분들 입주하신 뒤로 훨씬 일하기가 좋구나. 별일 없으면 쭉 계속 여기 있고 싶다. 입주민분들이랑 함께."

"외계인들이랑 같이요?"

반사적으로 묻고서, 원호는 곧장 후회했다. 할아버지의 얼굴이 딱딱하게 굳었던 것이다.

"학생들도 그, 분리주의? 차별주의? 그쪽에 관심 있는 편이냐?"

그게 뭐지? 사회 시간에 들은 것도 같은데. 원호가 머뭇거리며 말이 없자 나래가 정색하며 외쳤다.

"아니요!"

역시 윤나래는 똑똑하다 싶었다. 원호도 얼른 아니라고 따라 외쳤다.

"다들 자주 만나고 자주 이야기해 보면 좋을 텐데. 가까이서 지내 보면 알게 된단다. 외계인이나 지구인이나 결국 다 똑같고 사는 모습도 다 비슷하다는 걸 말이지. 하지만 다들 자기랑 조금만 달라도 거부감부터 가지니까……."

할아버지는 혀를 차더니 다소 엄격한 목소리로 말을 이었다.

"학생들이 무슨 일로 담까지 넘어서 여기를 들어온 게냐? 거 위험하게 돌쟁이 아기까지 데리고?"

할아버지가 턱 끝으로 보보를 가리켰다.

"너희도 영상이니 뭐니 찍고 장난 같은 것 치려고 들어온 건 아니겠지?"

"아니에요!"

원호가 기함했다.

"아에오!"

보보도 따라 외쳤다.

"저희는 얘를 집에 데려다주려고 왔어요."

나래가 보보를 가리켰다. 보보가 커다란 눈을 동그랗게 뜨고 할아버지를 바라보았다. 눈동자 위에서 빛무리가 보석처럼 반짝였다. 할아버지의 입이 크게 벌어졌다.

"아니, 이 꼬마 무지개 아니냐?"

"네. 그런 것 같아서요. 혼자 길을 헤매고 있었어요. 이름표를 걸고 있던데 주소가 여기 2단지로 적혀 있어서 데려온 거예요."

"어허! 그래, 맞다. 무지개들이 2단지에 사는 건 맞는데…… 어디서 찾았다고 했지?"

원호가 위치를 설명했다.

"맙소사, 얘가 거기까지 가 있었다고? 이상한데. 아니다, 이럴 때가 아니지! 잠깐만 기다려 보거라."

할아버지가 둘에게서 조금 떨어지더니 어디론가 전화를 걸었다. 2단지 경비 사무실 같았다. 짧은 통화가 끝날 때까지 기다리는 동안 나래와 원호는 보보를 다독이거나 웃기려고 괴상한 표정을 지어 보였다. 막상 이제 작별이라고 생각하니 갑자기 아쉬운 마음이 드는 것이 기분이 이상했다. 할아버지는 자신에게 돌아온 전화도 한 통 받은 후에야 둘에게 돌아왔다.

"학생들이 큰일 했네. 내가 고맙다는 인사 하는 것도 깜박했구만."

"아니에요. 당연히 해야 할 일인데요."

"그래. 그럼 미안한데 착한 일 하는 김에 내가 부탁 하나만 더 해도 되려나? 그 애 2단지까지 학생들이 좀 데려다줄 수 있겠어? 2단지 쪽에는 내가 말해 뒀으니 마중 나와 있을 거야. 내가 가는 게 맞을 텐데, 저 CCTV에 또 수상쩍게 구는 사람들이 찍힌다고 급히 와 보라네⋯⋯. 이거 미안해서, 원."

"저희는 괜찮아요. 사실 좋아요."

원호가 헤헤 웃어 보이자 할아버지도 따라 웃었다.

"고맙구나. 거리가 좀 되는데, 필요하면 자전거도 있는데 혹시 탈 줄 아나? 아니, 아기 데리고는 위험하려나?"

"괜찮아요. 엄청 잘 타니까!"

원호가 시원하게 대답했다. 둘로서는 거절할 이유가 없었다. 이미 예상했던 것보다 더 많이 시간이 지체되고 있었던 것이다. 걷는 것보다는 자전거로 가는 편이 훨씬 빠를 것이었다. 원호는 자전거에 익숙했고, 나래도 잘 타지는 않았지만 평지라면 그럭저럭 탈 수 있다고 대답했다. 할아버지는 둘을 아파트 관리실 쪽으로 안내했고 그곳에 잘 기대서 있던 자전거 두 대를 내어주었다.

"주민들이 사용하라고 마련해 놓은 거란다."

잘 관리된 자전거는 반짝반짝 윤이 났다.

"이제 내가 안을게."

나래가 말했다. 안 그래도 어깨가 빠질 참이었다며 아기띠를 풀던 원호는 멈칫했다. 페달에 발을 올리는 나래의 폼이 그보다 더 어설플 수가 없었던 것이다.

"아니, 됐다. 그냥 내가 안을게. 너 위험해서 안 되겠어."

"아…… . 도움이 못 되네. 미안해."

나래의 어깨가 처졌다. 원호의 한쪽 눈썹이 휙 올라갔다 내려왔다.

"야, 너…… ."

나래는 손목의 머리 끈을 빼내 긴 단발을 한 갈래로 묶어 올렸다. 잔뜩 긴장해 창백해진 얼굴로 뒤늦게 원호를 쳐다보았다.

"응? 뭐라고 했어?"

"아니야."

원호는 뒷말을 삼켰다. 그리고 다리를 움직이기 쉽게 아기띠를 좀 더 위로 당겨 채우고 자전거에 올랐다.

슬슬 해가 넘어가고 있었다. 더 식어 버린 공기를 느끼고 원호는 패딩 점퍼의 지퍼를 보보의 얼굴 아래까지 올렸다. 할아버지가 둘을 배웅하며 외쳤다.

"조심해서 가라! 거, 넘어지지 말고!"

"네! 감사해요. 안녕히 계세요!"

큰 소리로 대답하며, 원호는 페달을 힘차게 밟았다.

＊

세상은 선명한 주홍빛으로 빛나고 있었다. 아파트 옆면을 가로지른 햇빛이 비스듬하게 드러누우며 긴 그림자를 남겼다. 역광으로 검게 물든 높은 건물들 사이로 보이는 하늘에는 부드러운 오렌지색부터 엷은 제비꽃 색이 번져 가고 있었고, 그보다 더 먼 꼭대기에선 별이 한 점 두 점 반짝이기 시작하는 때였다.

원호는 휘파람을 불었다. 뒤에서 나래가 음, 쟤는 휘파람도 음정이 다 틀리게 부는구나, 하고 생각하는 줄은 꿈에도 몰랐으므로 그는 지금 이 순간을 한껏 즐기고 있었다. 원호는 이 시간을 좋아했다. 조용하고 평화롭고 분주한 이 한때를. 짧게 끝난 휘파람은 낮은 콧노래로 이어졌다. 원호가 제일 사랑하는 자신의 노래로.

인적 없이 황량했던 풍경도 변해 가고 있었다. 긴 코트 위로 목도리를 두른 남자가 대파가 삐죽이 튀어나온 장바구니를 들고 걸어갔고, 패딩 점퍼로 꽁꽁 싸매고 모자까지 씌워 작은 인형처럼 보이는 어린애가 엄마의 손을 잡고 뒤뚱뒤뚱 계단을 올랐다. 할머니, 할아버지들은 느린 작별 인사를 나누며 벤치에서 몸을 일으켰고, 저 앞 놀이터에선 꼬마들이 오늘의 마지막 자유를 만끽하는지 비명에 가까운 환호성을 지르고 있었다. 보보도 눈을 동그랗게 뜨고 그 소리를 따라 옹알거렸다.

이곳은 미래 아파트였다.

이 익숙한 풍경이 말도 안 되게 현실감이 없었다. 저 사람도, 저 사람도, 저 사람도 사실은 모두 외계인이라니 지독하게 재미없는 장난 같았다. 지구인과의 거리감을 없애기 위해 대부분의 외계인이 지구인과 같은 외양을 유지하고 있다는 건 아무리 원호라도 상식 차원으로 알고 있었지만, 그냥 알고 있는 것과 직접 눈으로 보는 것은 전혀 다른 느낌이었다.

"정말 똑같네."

원호는 자기도 모르게 중얼거렸다.

"응? 이제 거의 다 왔어. 저기야."

나래가 갈라진 목소리로 엉뚱한 대답을 했다. 나래는 온 신경을 넘어지지 않는 것에 집중하고 있었다.

"응, 그래."

원호는 조금 웃었다.

"어? 보보다!"

낯선 목소리에 원호가 급히 브레이크를 당겼다. 나래도 비틀거리더니 겨우 멈춰 섰다. 목소리의 주인은 놀이터에서 놀고 있던 아이들 중 하나였다. 초등학생쯤 되어 보이는 아이들이 넷이나 우르르 원호와 나래를 향해 달려왔다.

"eoifjejiakjfoiew?"

"보보!"

"fkw! fkw, 보보!"

보보라는 말밖에 알아들을 수가 없었다. 어쨌거나 보보를 아는 아이들임은 분명했다. 보보도 아이들이 낯익은지 두 팔을 휘두르며 함박웃음을 터뜨리고 있었다.

"어, 안녕? 보보 친구들이야?"

원호가 어색하게 웃으며 묻자 아이들은 자기들끼리 눈빛을 교환했다. 어느새 다가온 나래가 작게 속삭였다.

"또 도망갔다 왔구나? '바보 보보'라고 했어."

앤 도대체 못하는 게 뭘까? 자전거 타는 거? 원호가 입을 비죽 내미는 사이에,

"누나, 우리 말, 아네?"

한 아이가 놀라워하며 말했다. 아직 어려 겉모습을 완전히 바꾸는 것이 어려운지, 아이의 머리칼이 초록색이었다.

"보보 모르는, 없어. 우리 아파트."

눈가에 작은 비늘이 돋은 아이가 아기띠를 톡톡 두드리며 말했다.

"야, 꼬맹이들! 해가 지는데 아직도 집에 안 들어가고 있으면 어떻게 해!"

어디선가 날카로운 목소리가 날아왔다. 아이들은 와 소리를 지르더니 웃으며 어딘가 한 방향으로 사라졌다. 남은 원호와 나래가 얼떨떨해질 정도의 속도였다. 보보는 아쉬운지 힝 소리를 내더니 작은 입술을 내밀고 풀이 죽었다. 누군가가 그들 쪽을 향해 걸어왔다. 아이들을 쫓아 보낸 장본인이었다. 그 아이들보다는 커도 원호나 나래에 비하면 한참 작아 보이는 소년이었다. 소년은 원호와 나래를 힐끔 곁눈질하고 지나쳐 갔다가, 후다닥 돌아왔다.

"어, 교, 교복……?"

소년이 더듬거리며 말했다.

"형이랑 누나, 미성중 다녀?"

"미성중 3학년."

원인 모를 애교심이 샘솟는 걸 느끼며, 원호는 자랑스럽게 대답했다. 소년이 눈을 빛내며 자전거 주위를 빙빙 돌았다.

"좋겠다! 나 내년에 거기 입학할 거거든. 학교 어때, 형? 좋지? 교복도 진짜 멋있다."

"미래 아파트에서는 미래중 가지 않아?"

나래가 눈을 깜박이며 물었다. 미래중은 미래 아파트 단지 내에 있는 중학교다. 정확하게는 초, 중, 고 과정이 한 건물에 모여 있는 특별한 학교인 '미래 학교'의 일부였다. 나래가 알기로 '입주민'들은 모두 그곳에 다니게 되어 있었다. 지구 적응이 주요 교육 내용이라 배우는 과목도 보통의 학생들과는 달랐다. 수업 시간도 짧아서, 미성중에서는 차라리 외계인이 되어서 전학이나 가고 싶다고 떠드는 아이들도 많다.

나래의 말에 소년의 얼굴이 굳었다.

"내년부턴 바뀔 거야. 아빠, 엄마가 그랬어."

그럴 리가 없는데. 하지만 나래는 입을 다물었다.

"종족별로 학교 나누는 건 차별금지법 위반이니까, 내년부턴 지구인들이랑 함께 학교 다닐 수 있게 만들어 줄 거라고 했어. 아빠, 엄마가."

"어우, 야. 우리 학교 시설 완전 구려. 미래가 새로 지어서 깨끗하고 좋잖아? 수영장도 있다며? 뭣 하러 굳이 우리 학교로 온다냐?"

원호는 정말로 이해할 수가 없었다.

"우리도 지구에서 살아야 하잖아. 빨리 적응하려면 그 편이 낫대. 그리고 함께 살고 가까이 지내 봐야 알게 되는 것도 있다고 하셨어."

"멋있다."

원호는 순수하게 감탄했다.

"지구가 좋아?"

툭, 대수롭지 않게 던진 질문이었다. 하지만 대답은 금방 돌아오지 않았다. 소년은 복잡한 표정을 짓더니, 한참 만에 고개를 끄덕였다.

"좋아, 나는. 무지개들 생각은 다른 것 같지만."

"응?"

"아, 아니야! 못 들은 걸로 해 줘. 난 이만!"

소년은 손을 크게 흔들고는 사라졌다. 뭔가를 피하려는 듯이 급한 태도였다.

"바바—"

보보가 짧은 팔을 뻗어 흔들었다. 소년은 그 인사를 보지 못했다.

"무지개들 생각은 다르다니, 무슨 소리지?"

"음."

나래는 흘러내리는 안경을 추어올리고 생각에 잠겼다.

"아까 할아버지가 지구인들 장난 때문에 다친 사람이 나왔다고 하셨지?"

"오, 윤나래, 천재! 무지개 쪽에서 누가 다친 것일 수도 있겠네. 일단 가 보자고."

그 이유가 다일까? 나래는 도망치듯 떠난 소년의 뒷모습이 이상하게 자꾸 마음에 걸렸다. 애초에 무지개는 무척 폐쇄적인 집단이라고 책에서 읽었는데, 그런 무지개가 보보를 단지 바깥에 혼자 내버려 뒀다는 점부터 납득되지 않는 일이었다. 목적지는 이제 코앞인데 어째서인지 마음이 점점 가벼워지는 게 아니라 알 수 없는 불안감이 무겁게 커져 갔다.

나래는 고개를 휘저어 생각을 떨쳤다. 쓸데없는 걱정으로 시간을 낭비하는 것도 나래의 단점이랬다, 엄마가. 어느새 해가 훌쩍 기울어 주변이 어둑해지고 있었다. 나래는 초조하게 휴대폰을 확인했다. 학원 시간은 이미 한참 지나 버렸다. 지금쯤이면 엄마한테 나래의 출석 확인 전화가 갔을 수도 있었다.

"야, 안 따라오고 뭐해!"

이미 엎질러진 물이었다. 나래는 눈을 질끈 감았다 뜨고는 자전거에 다시 올라탔다.

*

"여러분이 해 줄 일은 간단해요."

보석고양이는 팔찌 형태의 소형 스피커를 들어 보였다.

"각자 이걸 차고 지금부터 미래 아파트 단지를 산책하시면 됩니다. 별도의 안내가 없으면 두 시간 동안 미리 안내드린 장소에서 각자 행동하시면 되고요."

"이거 소리 커요? 나 음악 들으면서 다닐 거라서 잡음 섞이면 짜증 나는데."

껌을 꾹꾹 씹고 있던 청년의 질문이었다. 보석고양이가 인상을 찌푸리고 찡가를 돌아보자 그가 나섰다. 만면에 사람 좋은 미소를 띤 찡가는 또렷하고 듣기 좋은 목소리로 설명을 시작했다.

"네, 좋은 질문이에요. 아마 소리가 나는 게 있고, 안 나는 게 있을 거예요. 오늘의 '타깃'은 귀가 굉장히 민감한 분들이신데, 어떤 음역대의 소리를 좋아하는지 모르겠어서 제가 최대한 다양한 샘플을 준비했거든요. 우리 귀에 좀 시끄럽게 들리는 소리도 있겠고, 저쪽엔 들리지만 우리 사람 귀에는 안 들리는 소리를 내는 스피커도 있을 거예요. 어느 게 어떤 건지는 안 알려 드릴 테니까 잘 골라 보세요. 아셨죠?"

"시끄러운 소리 틀면서 돌아다니면 저쪽에서도 신고 들어갈 텐데. 경찰이라도 뜨면 어떻게 해요?"

"그렇죠? 미래 아파트만을 위한 방송 송수신기 연구차 하는 일이라고 제가 미리 둘러대긴 할 텐데요, 그래도 그런 스피커 고르신 분은 적당히 말도 좀 만들어 주시고, 자리도 빨리 옮겨 다니고 하셔야 해요. 좀 귀찮지요? 그러니까 그분들께는 시급 두 배로 드릴게요. 어때요?"

누군가가 휘파람을 획 불었다. 누군가는 박수를 쳤다.

"저거 내 거."

박태민이 바닥에 침을 뱉고는 말했다.

"웃기시네. 뽑기나 잘 뽑아."

민아가 코웃음을 쳤다.

다시 보석고양이의 설명이 이어졌다.

"누군가 여러분한테 다가오면 눈부터 보세요. 눈이 무지개 색이나 보석처럼 반짝이면 그게 우리 '타깃'이니까, 저희한테 메시지 보내시고 최대한 시간 끌고 계시면 저희가 바로 갈게요."

"이거 법적으로 문제 있는 건 아니겠지요?"

모자를 깊이 눌러쓴 중년의 남자였다. 보석고양이가 너스레를 떨었다.

"문제라뇨! 저흰 그저 그분들과 간단한 인터뷰를 해 보려는 것뿐인걸요. 워낙 집 밖으로 안 나오시는 분들이라 이렇게라도 모시려는 건데 말씀을 그렇게 하시면, 저희가 듣기 좀 그렇네요."

"아니, 뭐 그런 뜻은 아니고……."

"자자, 시간이 없어요. 얼른 일 끝내고 즐거운 시간들 보내러 가셔야죠?"

찡가가 얼른 나서며 팔찌 스피커들이 든 박스를 내밀었다. 열 개의 손이 낚아채듯 하나씩 가져갔다. 사람들은 각자 팔찌를 만지작거리며 자기에게 할당된 단지를 향해 걷기 시작했다. 찡가와 보석고양이는 차에 올랐다. 겉보기에는 평범한 냉장 탑차였지만 그 안은 모니터와 카메라로 가득 찬 움직이는 방송국이나 마찬가지였다.

중앙의 큰 모니터에서는 좀 전에 1단지 정문에서 쩡가 홀로 찍은 오프닝 영상이 재생되고 있었다. 굳게 닫힌 철문과 평소와 달리 장난기 없이 진지하고 긴장된 얼굴을 한 자신의 조합. 충분히 기괴하고 흥미진진해 보였다.

쩡가는 만족스럽게 고개를 끄덕이고는 운전석을 향해 외쳤다.

"출발!"

전조등이 번쩍 켜지며 어둠을 갈랐다.

5. 무지개들의 비밀

"네? 뭐라구요?"

나래와 원호가 이구동성으로 외쳤다.

2단지 경비가 숨을 몰아쉬며 고개를 가로저었다. 그는 할아버지보다는 아저씨, 또는 삼촌이라 불러야 할 연배로 체형이 운동과는 거리가 멀어 보였다. 이마에서 쏟아지는 땀을 연신 닦아 내며 그는 겨우 말을 이었다.

"아무도 없다니까? 1단지 연락받고 주민들한테 먼저 알려 주려고 가 봤는데, 아무도 없어. 싹 다 사라졌다고! 지금 내가 2단지 사는 무지개들 집 전부 돌아보고 오는 길이야."

나래는 그만 아찔해졌다. 불안이 현실이 되고 있었던 것이다.

"다들…… 어디 함께 모여 계신 게 아닐까요?"

나래가 자신 없는 목소리로 물었다. 경비는 헛웃음을 터뜨렸다.

"무지개들이 모임이라니, 지나가던 개도 웃겠다. 집 밖으로 잘 나오지도 않는 양반들인걸. 다른 주민들한테서 이사를 한다느니 만다느니 하는 소릴 듣긴 했었는데 진짜였나 보네. 도대체 언제……."

"이사요?"

경비는 아차 하는 표정으로 입을 다물었다. 원호는 어이가 없어 되물을 수밖에 없었다.

"아이를 놔두고, 이사요?"

"무지개는 부모 자식 관계도 없다잖냐. 그럼 외계인이 우리처럼 자식 챙기겠어?"

경비가 어깨를 으쓱했다. 아무래도 그는 1단지 경비와는 주민들을 보는 입장이 다른 듯했다.

"그나저나 짐은 그대로 다 있고 사람들만 하나도 없던데 뭐가 어떻게 된 건지 모르겠다. 다른 단지들은 어떤지 좀 알아봐야겠어."

경비는 나래와 원호, 보보를 놔두고는 그대로 허둥지둥 관리실로 사라져 버렸다.

허탈해진 원호와 나래는 벤치에 털썩 주저앉았다. 이제 뭘 어떻게 해야 좋을지 알 수가 없었다. 가벼운 마음으로 시작한 선행이었다. 이런 결말을 기대하진 않았다.

초겨울 해는 예상보다 더 짧아서, 주위는 어느새 어둠이었다. 머리 위에서 탁 가로등이 켜졌다. 반사적으로 위를 올려다보던 둘은 서늘한 바람이 훅 불어닥치자 옷깃을 여몄다. 나래는 원호의 패딩 밖으로 드러난 보보의 윗머리를 두 손으로 가려 주었다.

"어떡하지?"

원호가 망연자실해서 물었다.

나래도 대답해 줄 말이 없었다. 사태가 이렇게 커질 줄은 몰랐다. 나래는 생각했다. 사실 어쩌면 자신은 이 미래 아파트에 한번 돌아와 볼 핑계로 이 일을 시작한 것인지도 모른다고. 주인 잃은 곰 인형을 분실물 센터에 들고 가는 정도의 기분으로. 진지하기는 했지만 그렇게 무거운 책임감을 짊어지고 시작한 일은 아니었다.

곤란한 상황에 처한, 그냥 귀여운 아기.

그 정도의 태도로 이 아이를 대하고 있었다. 보보가 고개를 휙 돌리자 나래의 손바닥에 보보의 보드랍고 따뜻한 뺨이 닿았다.

이 아기는 곰 인형이 아니었다. 보보라는 이름을 가진 아기였

다. 집에 가는 길을 잃고, 가족도 잃고, 마냥 이곳에 혼자 남겨졌
는데 그 사실조차 모르는, 이렇게 한 아름에 들어올 정도로 조그
만 아기.

보보는 이제 어떻게 되는 걸까?

그 암담함은 나래에게도 낯설지 않은 것이었다. 갑자기 온몸
이 움츠러드는 것 같았다. 나래는 자기도 모르게 입술 안쪽을 잘
근잘근 씹기 시작했다. 그저 반쯤 넋이 나간 얼굴로 아, 어떡하
지, 어떻게 해야 하지? 하고 답 없는 질문만 날려 보내고 있는 원
호가 부럽게 느껴질 지경이었다.

"오? 지!"

보보가 갑자기 눈을 반짝이며 외쳤다. 아이는 마냥 기분이 좋
아 보였다. 손을 뻗어 아파트 현관을 가리키더니 "지, 지."라고 반
복하며 뿌듯한 얼굴로 원호와 나래를 자꾸 쳐다보았다. 말랑말
랑한 볼이 발갛게 물든 채로.

"아, 집?"

"지!"

원호가 아기띠의 버클을 풀고 보보를 내려 주었다. 보보는 곧
장 짧은 다리를 부지런히 움직여 계단참으로 향했다. 그리고 두
손 두 발을 다 활용해 계단을 기어오르기 시작했다. 갈 곳을 분

명하게 알고 있는 뒷모습이었다. 원호가 쓴 입맛을 다시다가 말했다.

"……같이 가 볼까?"

"응."

그 외엔 할 수 있는 일이 떠오르지도 않았다.

낡은 엘리베이터는 소음이 심하고 진동마저 있었다. 금방이라도 고장 나서 멈춰 설 것 같은 느낌에, 3층에 도착하는 그 짧은 시간 동안 원호와 나래의 등은 뻣뻣하게 굳어 버렸다.

드디어 301호가 나타났다.

"여기가 보보 너희 집 맞아?"

보보는 좋아서 발을 구르고 있었다.

원호가 조심스럽게 문손잡이를 돌려 보았다. 문은 잠겨 있지 않았다. 관리 잘된 문이 소리도 없이 부드럽게 열리자마자 보보가 먼저 집 안으로 들어갔다. 보보는 신발장 앞에서 털퍽 엎어지더니 그대로 뒹굴 몸을 굴려 큰대자로 누웠다.

너무나 마음 편한 그 모습에 나래는 웃고 말았다. 보보는 외출하고 돌아왔을 때마다 항상 저렇게 어리광을 부렸을 것이고, 누군가가 항상 그런 보보의 신발을 벗기고 집 안으로 안고 들어갔을 것이다.

하지만 오늘은 아무도 없었다.

작은 탁상도, 의자도, TV도, 바닥을 뒹구는 장난감들까지 그대로 있었지만 집 안은 이상하게 온기 하나 없이 싸늘했다. 신발장 앞의 센서등이 꺼지기 전에 원호가 얼른 들어가서 거실 불을 켰다.

평소와 다름을 느낀 것인지 보보가 머뭇거리며 몸을 일으켰다. 나래가 그런 보보를 안고 거실로 들어섰다. 거실 풍경은 익숙한 곳을 떠올리게 했다. 원호가 중얼거렸다.

"여기 완전 어린이집이네……."

"비슷한 나이끼리 모여서 생활한다고 했어. 어린이집이랑 비슷한 게 맞을 거야."

알록달록한 색종이와 점토로 만든 인형들이 탁상 위에 조르륵 줄지어 서 있었다. 유아용으로 만들어진 책 몇 권이 바닥에 떨어져 있었다. 동그랗고 부드러운 선으로 그려진 사람 얼굴 밑에, '엄마', '아빠', '할머니', '할아버지' 같은 단어들이 씌어 있는 그림책이었다. 각각의 단어 옆에 나래나 원호가 알아볼 수 없는 문자들이 작게 메모되어 있었다. 무지개들의 언어인 듯싶었다.

벽에는 사진들이 빼곡하게 붙어 있었다.

"이것 좀 봐."

아이들이 웃고 있었다. 물감을 손에 바른 채 웃고 있는 아이들, 요구르트를 손에 들고 우스꽝스러운 동작을 한 아이들도 있었다. 진지한 얼굴로 탬버린을 두드리는 모습도 있었는데 선생님으로 보이는 여자가 그 앞에서 웃음을 꾹 참은 표정으로 서 있었다. 그녀의 눈동자도 무지개 색이었다.

단체 사진도 몇 장 있었다. 몇 장 없는 실외에서 찍은 사진이었다. 놀이터 나무 그늘 아래에 이름표를 단 아이들과 선생님들이 옹기종기 모여 서 있었는데, 군데군데 빈자리가 보였다. 눈을 가늘게 뜨고 그곳을 노려보던 원호가 감탄사를 흘렸다. 빈자리가 아니었다. 그곳엔 눈에 보이지 않는 아이들이 서 있었던 것이다. 원호는 보보가 잔디밭에서 사라져 버렸던 일을 떠올렸다. 자기 추리력에 만족하며, 원호는 나래를 돌아보았다.

"무지개 능력이 투명해지는 거구나?"

"빛을 마음대로 조절하는 능력이야."

원호가 어깨를 떨어뜨리자 나래가 얼른 덧붙였다.

"그래서 투명해질 수도 있지. 맞아."

나래는 깨달았다. 2단지 경비라는 아저씨는 납득하지 못하는 것 같지만, 무지개는 짐은 두고 몸만 나가는 것이라면 사람 눈에 띄지 않는 게 얼마든지 가능한 종족이었던 것이다. 마음만 먹으면, 그들은 언제든 그런 식으로 '이사'해 버릴 수 있다.

하지만, 왜?

보보는 왜 놔두고 간 거야?

나래는 등 뒤로 숨긴 손으로 주먹을 꾹 쥐었다. 그것은 나래의 아픈 기억이었다. 엄마, 아빠가 함께 살지 않기로 했다고 나래에게 통보했던 그날. 넌 누구를 따라가고 싶냐고 묻던 엄마와 아빠의 얼굴을 번갈아 보면서 혀가 굳어 버렸던 그날.

어쩌면 엄마도 아빠도 사실은 모두 나래를 데려가고 싶어 하지 않는 게 아닐까 의심하던 그…….

"여기 보보 있다!"

나래는 퍼뜩 정신이 들었다. 보보는 푸른 원피스를 입은 선생님 바로 옆에 엉거주춤한 자세로 서 있었다. 다른 아기들은 모두 정면의 카메라를 보거나 서로를 바라보고 있는데, 보보는 엉뚱한 방향으로 고개를 돌리고 있었다. 아이가 황홀한 얼굴로 쳐다보고 있는 것은 일행의 옆에 선 은행나무였다. 흔하디흔한 은행나무.

"으응……."

갑자기 보보가 훌쩍이기 시작했다. 훌쩍임은 금방 울음으로 변했다. 와앙 목 놓아 우는 보보를 껴안고 나래는 어쩔 줄을 몰랐다.

집에 왔는데, 집이 사라져 버렸다.

사진 속 선생님은 보보의 손을 꼭 잡고 있었는데.

"괜찮아, 보보. 울지 마. 괜찮아. 착하지?"

원호가 뭔가 장난감이라도 갖다주려고 허둥지둥할 때였다. 찰칵, 하는 소리가 나더니 세상이 다시 새하얗게 변했다.

분명히, 아파트 담을 넘을 때 한 번 당해 봤던 '보안 장치'와 같은 종류였다. 잔뜩 긴장한 나래의 눈에 마찬가지로 얼굴이 굳은 원호가 보였다. 조금 놀랐는지 우는 것도 잊은 보보도 함께였다.

바닥도 벽도 천장도 현실감이 느껴지지 않는 하얀 배경 속에서, 푸른 옷을 입은 여자의 모습이 나타났다. 사진 속에서 아이들의 손을 잡고 있던 바로 그 사람이었다.

보보가 꺄아 소리를 지르며 뛰어갔다. 하지만 아기의 손은 그녀의 원피스 자락을 스쳐 통과할 뿐이었다. 홀로그램이었다. 보보가 작은 머리를 갸웃하는 사이, 그녀가 입을 열었다.

알아들을 수 없는 말이었다.

그것은 어느 먼 나라의 말 같기도 했고, 같은 소절이 반복되는 주문 같기도 했고, 부드러운 가락의 노래 같기도 했다.

보보는 모두 알아듣는지 몇몇 구절을 옹알대며 따라 하고 있었다.

"메시지 같은데……."

원호가 중얼거리자 나래가 손가락을 들어 자기 입에 갖다 댔
다. 원호는 얼른 입을 다물었다. 그는 단 한 마디도 못 알아듣는
외계어지만, 윤나래에게는 다를 것이었다. 잠깐의 시간이 흐르고
여자의 목소리가 사라졌다.

"뭐, 뭐래?"

원호가 물었다.

"언제 어디로…… 오라는 것 같긴 했는데……."

얼굴이 창백하게 질린 나래가 입술을 씹었다.

"잘 못 알아듣겠어. 너무 빨라. 미안."

"아니, 넌 뭐가 맨날 미안하대냐. 한 번 더 들려주지 않으려나?
반복 재생 버튼 같은 거 없나?"

안녕하세요, 여러분. 저희 집을 찾아 주셔서 감사합니다.

나래와 원호는 짧게 비명을 질렀다.

눈앞의 홀로그램은 이번엔 또렷한 한국어로 말하고 있었다.

저희 보보를 이곳까지 데려와 주시는 지구인 분들이 분명히 계시리라고 믿으며…… 이 영상을 남기고 있습니다.

그녀의 눈은 슬퍼 보였다. 그리고 목소리는 희미하게 떨리고 있었다.

이 영상은 여러분의 움직임과 목소리에 반응해 작동되도록 설계되었습니다. 여러분은 아마 보보와 함께 계실 것이고, 보보에게 호의적인 태도를 가지고 계시겠지요. 이 영상이 영원히 재생되지 않고 파기되는 일이 없기를, 또는 너무 늦은 때에 재생되는 것이 아니길 간절히 기도합니다.

나래와 원호의 눈이 마주쳤다.

저희는 이 행성을 떠납니다.

"뭐?"

이사라는 게, 그런 의미였나? 당황한 원호는 상대가 홀로그램이라는 것도 잊고 말았다.

"자, 잠깐만! 그런 게 어디 있어요?"

약속은 깨졌고 이제 비밀은 의미가 없으니, 위협이 가까워 오는군요. 저희 종족은 언제나 행복을 위해 도망쳐야 한답니다. 저희는 그래서, '무지개'죠.

그녀가 두 손을 앞으로 내밀었다. 잠시 고민하던 나래와 원호는 그 손을 향해 손을 뻗었다. 손끝이 닿았다고 느낀 순간, 폭포수 같은 영상들이 머릿속으로 쏟아져 들어왔다.

그것은 그들의 역사였다.

빛.

빛과 함께하는 종족.

따뜻하고 자유롭고 아름다운 사람들. 지구에서 살아남기 위해 지구인의 모습을 가장 완벽하게 모사해 냈지만 그들의 본래 모습은 한없이 무(無)에 가까운 빛이다. 존재하지 않는 모습으로는 소통할 수 없고 소통하지 않고서는 살아남을 수 없다. 그러나 빛은 힘이고 힘은 두려운 것이었다.

마치 다이아몬드 안에 갇히기라도 한 것처럼 사방이 오색찬란한 빛으로 가득 찼다. 지독한 눈부심에 눈을 감으려는 순간, 거대한 두 손이 빛을 쓸어 모아 손안에 가두었다. 곧 천천히 펼쳐진 그 손안에는 무지갯빛이 어른거리는 영롱한 구슬이 빛나고 있었다.

싸움이 벌어졌다. 그 구슬은 어느 곳에선 값을 정할 수 없을 만큼 비싼 보석이었고 어느 곳에서는 전쟁도 불사할 가치의 자원이었다. 무지개들은 도망 다녔다. 그들의 힘이 알려지고 가치가 매겨지는 순간마다 아무도 그들을 모르는 곳으로 떠났다.

지구는 그들의 종착지이기를 바랐다.

'비밀이야.'

'응.'

어린 무지개와 어린 지구 소녀는 약속했다. 하지만 소녀의 엄마가 소녀의 보물 상자에서 무지개가 우정의 증표로 준 그 작은 선물을 발견하고 말았다. 지인들을 초대한 다과회 자리였다. 그녀는 반짝이는 구슬을 손 위에 올려놓고는 크게 웃었다.

'글쎄 친구가 이 진주를 직접 만들어 내서 줬다지 않아요?'

한마디 말은 소문이 될 것이고 소문은 정보가 될 것이었다.

'카멜레온'이 변신 모습을 찍으려는 사람들을 피하려다 다쳤다고 하더군요. 이제 저희 차례도 머지않았을 테죠.

다시 여자의 말이 들려왔다.

궤도에서 기다리던 이주선에 저희의 뜻을 전달했습니다. 오 년 동안 분석한 결과, 지구는 최종 정착지로 부적합하다는 결론을 내렸습니다. 그래서 저희는 지구 시간 기준으로 11월 21일 16시 30분 수송선을 통해 한국의 모든 무지개들을 비밀리에 대피시키기로 했지요.

원호가 자기 귀를 더듬었다. 오후 4시 30분이라면, 한창 종례가 진행 중이었던 시간이었다.

"설마 그때 그 소리가……."

원호를 깨운 그 굉음이 무지개들의 수송선과 관련된 소리였던 것일까? 행성 간 이주를 아무렇지도 않게 생각하는 과학기술을 가지고 있으니, 지구인의 눈과 레이더를 피할 수 있는 우주선도 가지고 있을 것이었다. 아마 보통 사람들은 그 소리조차 듣지 못했을 것이다. 실제로 유달리 귀가 예민한 원호 말고는 반에서 아무도 그 소리를 못 들은 모양이었으니까.

다른 이들은 모두 무사히 대피했습니다. 다만…… 제가 보보의 손을 놓치고 말았어요. 가장 어린 아이를 올려 보내고 돌아보니, 어느새 사라져 있었죠. 끝까지 보고 있어야 했는데…….

그녀가 슬픈 눈으로 웃었다.

보보, 오늘은 참새를 따라갔었던 거니?

보보가 아우— 하고, 의미 모를 소리로 대답했다.

주변을 아무리 뒤져도 찾을 수가 없네요. 그래서 지금 집으로 돌아
와서 이 영상을 남깁니다. 듣고 계시나요, 여러분? 저도 이제 가야
해요. 수송선이 더는 기다릴 수 없다는 방송을 하고 있어요.

영상 속의 그녀는 몹시 초조해 보였다.

마지막으로 수송선 한 대를 더 내려보낼 거예요. 보보를 위해서. 오
래 기다릴 수 없습니다. 지구의 사람들이 우리의 부재를 눈치채고
뭔가 움직임을 보이기 전에 떠나야만 하니까요. 수송선은 정해진 단
한 시각, 바로 그때에 약속 장소에 착륙했다가 바로 떠날 거예요. 부
디 이 메시지가 그 시각 이전에 여러분께 전해지기를.

원호가 마른침을 삼켰다. 옆에서는 나래가 급히 휴대폰을 꺼내 메모할 준비를 하고 있었다.

부탁합니다, 여러분. 오직 여러분만 아셔야 해요. 시간은 21시 정각. 장소는 미래 학교 운동장입니다. 늦어선 안 돼요. 절대로.

영상 속의 그녀가 두 손을 꼭 맞잡았다. 그녀는 고개를 조금 숙였다. 보보의 키라면, 그렇게 해야 눈을 마주칠 수 있다는 듯이. 그리고 그녀의 판단은 정확했다. 그녀는 보보의 얼굴을 똑바로 들여다보며 웃을 수 있었다.

사랑한다, 보보.

픽, 전기가 나가는 듯한 소리가 나더니 흰 공간도 푸른 여자도 온데간데없이 사라졌다. 찬물을 뒤집어쓰기라도 한 듯 정신이 번쩍 들었다. 둘은 잔뜩 긴장한 채로 허둥지둥 시간부터 확인했다.
"6시 22분. 괜찮아. 아직 늦지 않았어!"
원호가 거창한 한숨을 내쉬며 말했다.
"걱정 마, 보보. 우리가…… 보보?"

보보의 상태가 이상했다. 아기는 홀로그램이 있던 방향으로 서서 숨을 크게 몰아쉬고 있었다. 작은 몸이 어깨를 들먹이더니 바르르 떨었다. 나래가 보보 앞에 쪼그려 앉아 보보의 어깨를 감싸 안았다. 얼굴이 새빨갛게 물들어서 끅끅 숨을 참던 보보가 결국, 와앙 울음을 터뜨렸다. 나래의 가슴에서도 알 수 없는 감정이 복받쳐 올랐다.

"응, 보보. 울어. 괜찮아. 울어도 돼."

보보는 온몸으로 울었다. 아기의 울음소리는 텅 빈 집 안에 작은 메아리가 되어 맴돌았다. 나래는 떨고 있는 보보의 몸을 꼭 끌어안고 그 등에 얼굴을 파묻었다. 얼마나 그렇게 있었을까.

원호가 나래의 등을 톡톡 두드렸다. 나래가 빨갛게 충혈된 눈을 들자, 원호가 말없이 주변을 가리켰다. 흰 벽 위로 프리즘을 통과한 것 같은 부드러운 오색 빛줄기들이 물결치고 있었다. 벽, 천장, 바닥을 모두 아우르며 천천히 회전하는 빛무리는 아름답고도 신비로웠다.

원호가 거실 조명을 껐다.

빛은 보보에게서 시작되고 있었다. 아이의 몸에서 은은히 번져 나온 빛은 그 몸에서 멀어질수록 여러 갈래로 흩어지며 선명한 일곱 빛깔로 거실 사방을 가득 채웠다.

"세상에……."

천국도 이보다 아름다울 수 있을까. 상상도 해 본 적 없는 풍
경이었다. 넋을 잃고 사방을 두리번거리는 사이에, 보보가 꼭 쥔
주먹으로 두 눈을 부볐다. 춤추듯 너울대던 빛줄기가 파도치기
시작한 것도 그때였다. 보보를 중심으로 빙글빙글 원을 그리던
빛들이 폭풍처럼, 거칠게 휘몰아쳤다. 그러다 나타났을 때만큼이
나 갑작스럽게 사그라들었다.

"보보?"

나래가 아이를 깨우듯 조심스레 불렀다. 보보도 이 상황이 이
해되질 않는 모양이었다. 나래와 원호를 번갈아 보던 아기가, 문
득 깨달았다는 듯이 두 손을 펼쳐 보았다.

그 손안에서 진주알만 한 흰 돌멩이가 빛나고 있었다.

"야, 윤나래. 이, 이거 '그거' 맞지……?"

"맞는 것…… 같지?"

분명히, 영상 속에서 본 그 보석이었다. 그들이 그렇게 숨기고
싶어 했던.

"보……?"

보보도 놀란 얼굴로 보석에서 눈을 떼지 못하고 있었다. 원호
가 헛웃음을 터뜨렸다.

"보보, 설마 너도 이거 처음 만들어 본 거야?"

그때였다.

낡은 엘리베이터가 철컹대며 움직이는 소리가 들렸다. 다른 주민일까? 2단지 경비 아저씨일까? 영상대로라면, 지구의 다른 사람들에게 들켜선 안 된다 하였으니 경비 아저씨에게도 이 일은 비밀로 해야 할 것 같았다. 나래와 원호의 눈이 마주쳤다. 둘 다 긴장한 표정이었다. 그 순간 보보의 고개가 현관 쪽으로 홱 돌아갔다. 그쪽에 무엇이 있기라도 한 것처럼.

띵— 엘리베이터가 3층에서 멈추었다.

별안간, 불안이 엄습했다. 보보가 나래의 품에서 빠져나오려고 몸부림치기 시작했다. 누군가가 부르는 소리를 듣기라도 한 것처럼.

"보보? 왜 그래? 응?"

나래는 팔에 힘을 꽉 줬다. 왠지 그래야 할 것 같았다.

쾅쾅쾅—

누군가가 문을 부서져라 두들겼다.

나래는 엉덩방아를 찧었다. 절대로 호의적인 노크가 아니었다. 보보도 깜짝 놀란 듯 작은 몸이 뻣뻣하게 굳었다.

어떻게 해야 하지? 누구시냐고 물어야 하나? 나래가 원호를 올려다봤다. 원호도 나래를 보며 소리 없이 입 모양으로 묻고 있었다. 어떻게 해?

내가 묻고 싶었던 말인데. 나래는 아랫입술을 꾹 깨물었다.

"계세요? 안에 계시죠?"

방문자는 목청껏 외치고 있었다. 안에 사람이 있다는 것을 확신하는 투였다. 2단지 경비 아저씨는 확실히 아닌 것 같았다. 하지만 저 목소리는 아무래도 익숙했다. 분명히 들은 적 있는 목소리다. 그것도 자주. 짧은 한순간 수많은 생각들이 머릿속을 착착 스쳐 지나갔다. 그러다 번쩍 떠오르는 의심 하나.

저 문, 안 잠그지 않았나?

방문자는 나래의 생각을 읽기라도 하는 것 같았다. 밖에서 수군대는 소리가 들렸다.

"야, 그냥 열어 봐."

"에이, 당연히 잠…… 어? 안 잠겼네."

문손잡이가 철컥 소리를 내며 돌아갔다. 나래가 보보를 안고 벌떡 일어났다. 원호도 급히 나래 곁으로 다가섰다.

방문자는 둘이었다. 엘리베이터 앞의 센서등을 역광으로 받고 서서 시커먼 그림자처럼 보이는 그들이, 말없이 집 안을 들여다 보았다. 나래와 원호도 잔뜩 긴장한 채 상대를 쳐다봤다. 짧은 대치 끝에 먼저 입을 연 것은 원호였다.

"박태민?"

태민이 허탈하게 웃으며 답했다.

"송원호? 그리고……."

"안녕, 윤나래? 여기서 네가 왜 나와?"

태민의 등 뒤에서 쑥 나온 이민아가 나래의 머리끝부터 발끝까지를 눈으로 쭉 훑었다. 그 눈길은 곧이어 옆에 선 원호에게로 옮겨 갔다.

"그것도 원호랑 둘이서?"

말끝에 웃음기가 섞여 있었다. 나래는 등줄기가 서늘해졌다.

"아니, 나는……."

본능적으로 변명조의 말이 나오려는 찰나에, 원호가 나섰다.

"우린 착한 일 하나 하고 있었지. 너흰 여기 왜 왔냐? 이 집 주인이랑 아는 사이야?"

"착한 일은 무슨, 가식도 정도껏 떨어. 알바 안 한다더니 선수친 것 보게. 야, 그냥 같이 나눠 먹자. 아직 연락 안 했지?"

태민과 민아는 이제 자연스럽게 현관으로 걸어 들어오고 있었다.

"무슨 소리야?"

"저거, 윤나래가 안고 있는 거 무지개잖아. 창문이 완전 번쩍 번쩍 빛나길래 보자마자 달려왔는데, 너희는 도대체 언제 도착했대냐. 재주 좋네."

나래와 원호는 도무지 무슨 말인지 알아들을 수가 없었다. 그 와중에도 보보는 이상하게 태민과 민아 쪽을 향해 팔을 내뻗고 있었다. 민아가 눈을 동그랗게 뜨며 팔목 부근을 만지작거렸다.

"진짜네. 얘네한텐 뭔가 들리나 봐. 되게 좋아하는데?"

"찡가한테 연락이나 해. 아니, 됐다. 내가 걸게."

태민이 휴대폰을 들고는 보보 쪽으로 성큼 다가왔다. 그 손이 보보의 머리에 닿으려는 찰나, 나래가 뒤로 한 걸음 물러섰다. 태민의 눈썹이 휙 치켜 올라갔다.

"윤나래, 너 뭐 하냐?"

"너희야말로…… 뭐 하려는 거야?"

잘은 모르겠지만 적어도 그것이 보보를 위한 일이 아니라는 것만은, 나래도 분명히 느낄 수 있었다. 상황을 더 빨리 이해한 쪽은 원호였다. 낮의 대화를 간신히 기억해 낸 원호가 박수를 짝 쳤다.

"찡가 이번 주제가 무지개야? 그래서 너희는 알바로 무지개 찾아다닌 거고?"

"하, 이제야 말이 통하네."

"아니, 안 통하는 것 같은데. 찡가가 무지개 데리고 무슨 짓을 할 줄 알고? 그리고 앤 아직 아기라고. 그냥 가라. 애 놀라겠다."

"내가 알 게 뭐냐? 그래 봤자 외계인인데!"

태민의 언성이 높아졌다. 원호는 얼굴이 굳었다. 그동안 봐 왔던 찡가의 영상들이 떠올랐다. 그를 스타로 만든 수십 개의 외계인 영상들. 그 속에서 매번 찡가가 반드시 클로즈업하며 우스꽝스럽게 편집해 놓던 당황한 '주인공'들의 표정들.

그 사이에 전화가 연결된 모양이었다. 태민이 뭐라 말을 하기 전에 원호가 그의 손을 후려쳤다. 태민의 휴대폰이 요란한 소리를 내며 바닥에 떨어졌다. 태민의 얼굴이 확 일그러졌다.

"이 새······!"

"뛰어!"

"어? 으, 응!"

원호의 외침에 나래가 냅다 앞으로 달려 나갔다. 현관을 가로막고 있던 민아가 어어 소리를 내며 어중간하게 팔을 휘둘렀다. 나래는 아슬아슬하게 그 손을 피해 문밖으로 뛰쳐나갔다. 엘리베이터를 탈 수는 없었다. 바로 계단으로 달려 내려갔다. 등 뒤에서 험악한 욕설이 들려왔다. 그 소리가 나래의 등을 마구 떠밀었다. 보보를 안은 탓에 발아래가 잘 보이지 않아 몇 번이고 구를 뻔했지만 무사히 1층까지 도착할 수 있었다. 저쪽에 보이는 경비실은 불이 꺼져 있었다. 도움을 줄 사람이 없다. 어디로 가야 할까, 머뭇거리고 있을 때 원호가 구르듯이 달려 내려왔다.

"내가 자전거로 유인할게. 넌 여기 어디 숨어!"

긴말을 할 여유가 없었다. 나래는 얼른 고개를 끄덕이고 아파트 옆면을 따라 달리기 시작했다. 원호는 앞쪽에 세워 뒀던 자전거에 올라타서 힘차게 페달을 밟았다.

"송원호!"

태민이 현관에서 튀어나왔다. 원호는 패딩 위로 두른 아기띠를 일부러 한 번 더 추어올려 보이고는, 그를 향해 손을 흔들었다. 이 정도로 어두우면 분명히 원호 쪽에 아기가 있다고 착각하게 만들 수 있을 것 같았다. 그의 예상은 적중했다. 태민은 오직 원호만 노리고 있었다.

"저 찐따 새끼가 보자 보자 하니까!"

원호의 자전거는 그야말로 전속력으로 멀어졌다. 태민은 주변을 두리번거리더니 나래가 타고 왔던 빈 자전거에 올라탔다. 태민이 원호를 따라 달려가자, 민아가 쩡가에게 곧바로 전화를 걸었다.

— 무지개 확실하죠? 놓치지 마세요!

"태민이가 따라갔어요. 저는 다른 곳 찾아볼게요."

— 우리도 그쪽으로 갈게요.

전화를 끊은 민아가 미간을 좁혔다. 왠지 일이 복잡해지는 것 같아 마음이 불편해졌다. 귀찮은 일은 딱 질색이었다. 패딩 주머니에 손을 찔러 넣은 민아는 문득 만져진 작은 구슬을 하나 꺼냈다. 윤나래가 도망치면서 떨어뜨린 것이었다. 은은한 무지갯빛이 도는 구슬은 꼭 손톱만 한 진주처럼 보였다. 가로등에 구슬을 이리저리 비춰 보던 민아는 어깨를 으쓱하고는 주머니에 다시 구슬을 집어넣었다. 그리고 손목에 찬 팔찌를 톡톡 두드리며 주변을 배회하기 시작했다.

보보가 울음을 터뜨리려 했다.

"쉿."

나래도 울고 싶었다. 둘은 아파트 1층의 돌출형 베란다 아래쪽 틈에 몸을 숨기고 있었다. 가로등에서 비스듬히 떨어진 그림자와 누군가가 버려 놓은 빈 도자기 화분들이 둘의 몸을 숨겨 주었다. 오래된 흙냄새, 그보다 더 오래된 것 같은 먼지 냄새가 코끝을 파고들었다. 얇은 코트를 뚫고 올라오는 냉기에 엉덩이가 시렸다. 11월의 밤은 추웠다. 아니, 이 떨림은 그냥 추위 때문만은 아닐 것이었다.

나래는 두려웠다.

보보는 계속 혼란스러워했다. 태민과 민아가 차고 있던 팔찌에 무지개들을 자극하는 어떤 기능이 있는 것이 분명했다.

"무슨 소리가 들리니, 보보?"

보보가 한 방향을 계속 쳐다보며 울먹였다. 나래의 귀에는 아무 소리도 들리지 않았다. 불안한 듯 쥐었다 폈다 하는 보보의 두 손도 비어 있었다. 애써 만든 구슬인데 도망치는 와중에 어디 떨어뜨린 모양이었다. 보보의 동그란 머리에 턱을 얹고, 나래는 보보를 꼭 끌어안았다. 그리고 그 작은 등을 천천히 토닥였다. 주머니 안에서 휴대폰 진동이 울렸다. 원호의 메시지였다.

— ㅇㄷ?
— 204동 1호 라인 베란다 아래
— ㅇㅋ 곧돌아간계 기달

급하게 친 메시지였다. 알았다고 답장하려는데 갑자기 주변이 소란해지기 시작했다. 여러 사람들이 두런두런 이야기를 나누고 있었다. 민아의 목소리도 섞여 있었다. 무지개를 찾는다는 사람들이 이 근처로 몰려들고 있는 모양이었다. 말소리뿐 아니라, 알수 없는 소음과 노랫소리도 섞여 있었다. 나래의 어깨가 바짝 굳어졌다.

다시 한 번 진동이 울렸다. 지금은 오면 안 된다고 알려 줘야했다. 액정 화면을 켠 나래는 하얗게 얼어붙었다.

— 너 학원 안 갔다며? 선생님 연락 오셨다.

메시지가 줄줄이 이어졌다.

— 왜 학원을 빠져? 지난번에도 아파서 세 번이나 빠졌는데 또 진도 처지면 안 되잖아.

— 숙제 못 해서 그래? 그렇게 엄마가 시간 활용 잘하랬지.

— 숙제가 대수니? 덜 했더라도 일단 학원은 가야지 왜 그렇게 판단이느려.

— 토요일에 보충 수업 있다니까 잊지 말고 챙겨.

— 숙제 정말 못 했니?

— 자?

진동이 끊이질 않았다. 휴대폰을 쥔 나래의 손이 진동에 따라 힘없이 떨렸다.

— 왜 답장이 없어?

— 답장해.

— 너 뭐 하니?

발소리가 가까워졌다. 나래는 허겁지겁 휴대폰을 주머니 속에 욱여넣었다. 직장일 때문에 전화는 못 걸 테지만, 엄마 성격으로는 메시지가 열 개는 더 이어질 것이었다. 옛날에 처음 학원을 옮긴 지 며칠 되지 않은 날이었다. 학교 과제를 하느라 학원 숙제를 끝내지 못해서, 다 하고 출발하려고 시간을 끌다가 버스를 놓치는 바람에 허둥대다 학원에 아예 가질 못했던 날이 하루 있었다. 나래는 아직도 그날의 엄마 표정을 잊을 수가 없었다. 엄마는 오늘도 그런 상황일 것이라 생각하는 모양이었다. 아니, 확신하는 것 같았다.

마음속에서, 알 수 없는 감정이 격렬하게 펄떡였다.

인기척이 너무 가까웠다. 이대로는 들키고 만다. 곱아든 손가락이 휴대폰을 더듬어 버튼을 눌렀다. 미친 듯이 울리던 진동이 멈췄다.

온몸을 잔뜩 웅크린 채 나래는 기도했다. 들키지 않았기를. 들키지 않기를. 부디 저 사람이 아무 소리도 못 들었기를.

쿵쿵쿵― 심장 소리가 너무 크다. 한 걸음 한 걸음 발소리가 쿵쿵쿵 점점 커진다. 쿵쿵쿵, 쿵쿵쿵, 무서운 박자에 맞추어.

싸늘하게 식은 나래의 손에 뜨거운 온기가 와 닿았다. 보보의 손이었다. 고사리만 한 작은 손이 나래의 검지를 꼬옥 감아쥐고 있었다. 갑자기 거짓말처럼 떨림이 잦아들기 시작했다.

발소리가 어디론가 다시 멀어졌다. 그뿐만이 아니었다. 사람들이 다른 곳으로 흩어지는 듯했다. 적어도 이 동에서는 멀어지고 있는 것이 분명했다. 나래가 조심스럽게 고개를 들었다. 보보가 나래를 올려다보고 있었다.

"……고마워, 보보. 넌 괜찮아?"

아기의 눈가는 빨갛게 변해 있었다.

"미안. 괜찮을 리가 없을 텐데."

작고 동그랗고 말랑한 아기. 집에 돌아오면 큰대자로 누워 신발을 벗겨 달라고 마음껏 어리광을 부리는 아기. 저보다 큰 남자는 전부 아빠로, 여자는 엄마로 부르는 아기. 나래와 원호를 향해 까르륵, 숨이 넘어갈 듯 웃어 주는 아기. 바보라고 느림보라고 놀려도 마냥 형아들이 좋은 아기. 사진 찍는 것보다 노랗게 물든 은행나무가 더 좋은, 참새를 너무 좋아하는, 이 세상을 정말 좋아하는 이 아기.

바로 그것 때문에 혼자 남겨져 버린 이 작은 아기.

나래는 보보의 눈동자를 가만히 들여다보았다. 어둠 속에서도 맑게 반짝이는 그 눈동자 속에 자신의 얼굴이 비쳐 올랐다.

보보의 눈에 보이는 자신은, 지금보다는 덜 겁먹은 모습이었으면 했다. 지금 보보가 의지할 수 있는 사람은 오직 나래뿐일 테니까. 그렇게 생각하니 한 줌도 안 되는 줄 알았던 용기가 한 아름만큼은 생기는 것 같았다.

나래는 크게 심호흡을 했다. 그리고 아랫입술을 꾹 깨물고는, 다시 얼굴에 미소를 띠웠다.

"보보. 들어 봐. 저런 소리 말고, 그래. 내가 노래 하나 불러 줄 테니까, 내 목소리를 들어 봐."

보보의 귓가에 입술을 가까이 갖다 댔다. 달콤하고 포근한 냄새가 어딘지 그리운 추억 한 장을 꺼내 주었다. 나래는 천천히 몸을 흔들었다. 여리고 부드러운 목소리가 오래된 자장가의 첫 소절을 속삭였다.

보보의 눈이 호기심으로 반짝였다.

나래는 작게 웃었다. 응. 네가 좋아할 줄 알았어.

눈을 감고, 나래는 보보의 뺨에 자기 뺨을 묻었다.

6. 약속에 대해서

해가 떨어진 미래 아파트에는 인적이 드물었다. 지구인들의
거친 장난을 피하기 위함인지, 아니면 주민들 특유의 생활 방식
때문이지 알 수 없었지만 길은 을씨년스러울 정도로 뻥 뚫려 있
었다. 원호는 그 풍경을 전속력으로 가로질렀다. 허벅지가 뻐근
하게 쑤셔 왔다. 이때다 싶은 한 순간, 원호의 손이 급히 핸들을
꺾었다. 뒷바퀴가 미끄러지며 자전거가 모퉁이를 직각에 가까운
각도로 돌더니 멈춰 섰다. 얼른 자전거를 화단 너머로 내던지고
원호도 그 뒤로 몸을 숨겼다.

곧이어 박태민이 씩씩거리며 화단 앞을 지나갔다. 아직도 그
입에선 원호에 대한 욕설이 줄줄이 쏟아져 나오고 있었다. 내용

은 대체로 자주 들어 오던 소리였다. 순화해서 요약하자면 원호가 이 학교에 둘도 없는 괴짜이며, 다른 사람의 생각이나 눈치는 하나도 못 읽는 특성이 있으며, 그 특성을 십분 발휘해 지나치게 개성적인 영상이나 찍어 올리며 혼자 만족하는 과하게 튀는 놈이라는 것이었다.

그 정도면 예술가답다는 말로 퉁 칠 수 있지 않나 싶었기에, 원호는 이런 평가들에 별 불만이 없었다. 하지만 '윤나래나 송원호나 똑같은 찐따들끼리 잘들 논다.'라는 말에는 동의할 수 없었다. 아무리 생각해도 윤나래는 자기와는 성향이 정반대라는 생각이 들었으니까.

태민이 충분히 멀어지자 원호는 조심스럽게 휴대폰을 꺼냈다. 도망치기 시작한 지 어느새 이십 분이나 지나 있었다. 금방 돌아갈 것이라고 메시지를 보내 놓았는데 벌써 시간이 꽤 지나 버렸다. 얼른 돌아가야지. 그렇게 생각하며 몸을 일으키던 원호는,

"에이씨."

다시 바닥에 털썩 주저앉았다. 이게 다 무슨 짓인가 싶었다. 처음은 그냥, 아이를 하나 발견한 것뿐이었다. 주민센터에 데려다주고 집으로 돌아가서 라면 하나 끓여 먹은 뒤, 따뜻한 이불 뒤집어쓰고 끝내주는, 정말로 끝내주는 그 자작곡을 녹음하고

나면 그만인 하루였다. 왜 거기서 돌아 나왔을까. 왜 거기서 굳이 직접 데려다준다는 미친 생각을 해 버린 것일까.

그게 아니면 그냥 경비 할아버지나 아저씨한테 맡기고 그쯤에서 뒤돌아섰어도 되었을 것을, 왜 또 집까지 올라가서 별로 관심도 없던 외계 종족의 비밀까지 알게 되고 아이의 무사 귀환까지 책임지게 되어 버렸단 말인가.

'그냥 튈까?'

번뜩 튀는 생각. 원호는 머리칼을 마구 헤집었다. 그건 아닌 것 같았다. 그것만은, 틀린 것 같았다. 윤나래는 지금도 건물 구석에서 그를 기다리고 있을 것이다. 지구상에 홀로 남은 아기 외계인도 그를 기다리고 있을 것이다.

아니, 정말 기다리고 있을까? 이미 잡혔을 수도 있다. 아니면, 윤나래도 도망쳤을 수도 있다. 기다리랬다고 이 추운 날씨에 그 어두운 곳에서 하염없이 떨고 있는 사람이 몇이나 될까. 어쩌면 윤나래도 혼자 도망쳤을지도 모르지. 진즉에 찡가 측에 보보를 넘겨주고 학원이나 집으로 돌아갔을지도 모를 일이다.

머리가 아파 왔다. 원호는 무선 이어폰을 귀에 꽂았다. 마음이 혼란할 때는 역시 음악이 최고였다. 익숙한 비트가 고막을 두드렸다. 고민하고 고민하고 또 고민해서 완성해 낸 그의 음악이다.

원호의 입이 습관처럼 가사를 되뇌었다.

"나에겐 소원이 하나 있지……."

아무도 관심 없는 나의 소원, 나의 꿈.

아무도 모르는 나의 이름.

친구야, 오늘은 내 말을 들어 볼래.

나는 너보다 공부도 못하고

나는 너보다 운동도 못하고

나는 너보다 춤도 못 추지.

웃지 마. 그래, 나는 노래도 못 불러.

원호의 입에서 피식 웃음이 샜다. 마른손으로 얼굴을 한참 쓸어 내고서, 원호는 자리에서 벌떡 일어났다.

"가사가 구리다고 했겠다? 흥, 너희가 음악에 대해 뭘 알아. 더 안목 높은 녀석한테 물어볼 거야."

예를 들면, 윤나래 같은.

보보한테도 들려줘 보면 우주적으로도 통할 노래인지 알 수 있지 않을까?

그들은 기다리고 있을 것이다. 이유는 모르겠지만 확신할 수 있었다. 그렇게 믿고 싶은 마음 때문일 수도 있지만, 그럼 뭐 어떻단 말인가. 원호는 손을 탁탁 털고 다시 자전거를 일으켜 세웠다. 낑낑대며 화단을 넘던 원호의 속에서 불쑥 화가 치밀었다.

"젠장, 이게 다 쩡가 같은 놈들 때문이야."

굳이 상대를 뒤지고 파헤쳐서 까발리는 부류들. 나와, 우리와 '다른' 점들을 필사적으로 찾는 녀석들. 그것을 가지고 크게 떠들고, 재미있다고 웃고, 함께 웃자고 강요하는 놈들. 그리고 기꺼이 함께 웃고 즐긴 후에 가볍게 다음 목표를 지정하는 그런 인간들.

자신의 행복을 위해 누군가의 평화를 깨야만 하는 사람들이 세상에는 있다.

*

"놓쳤다고?"

쩡가의 얼굴이 일그러졌다. 주변에 모여 있던 그의 일행들이 면목 없다는 듯 그의 눈을 피했다. 쩡가는 탑차의 옆면을 주먹으로 탕탕 쳤다. 탑차 안에서 보석고양이가 고개를 내밀었다.

"뭐?"

"아직도 다른 알바들 쪽은 소식이 없어?"

"그렇다니까. 무지개 같은 놈들은 하나도 안 오고 경비들이 자꾸 잡는다고 고생 중이래."

보석고양이가 투덜대며 대답했다. 아무래도 이상한 일이었다. 개인 방송인들의 방문이 늘면서 요새 주민들이 밤에는 집 밖으로 잘 나오지 않을 거라고 예상했지만, 그의 정보대로라면 무지개들은 '특정 소리'에 반드시 반응할 터였다. 비싼 값을 지불한 정보통을 이용해 얻은 정보였고 해외 사이트에 믿을 만한 후기들도 있었다. 이 단지의 무지개들이 모두 사라진 게 아니라면 어쩌면 이렇게 단 한 명도 나타나지 않을 수가 있을까.

그래서 좀 전에 놓쳤다는 그 어린 무지개가 더 신경 쓰였다. 어떻게든 그쪽을 확보해야겠다는 생각이 들었다. 저쪽에 서 있는 중학생 여자애가 눈에 들어온 것은 바로 그때였다. 찡가는 눈을 부릅뜨고 그쪽으로 다가갔다.

"학생, 손에 든 것 잠깐 볼 수 있을까?"

무지개를 처음 발견했다는 아르바이트생 중 하나였다. 이름이 이민아라고 했던가. 민아는 가로등에 비춰 보던 구슬을 등 뒤로 급히 숨겼다.

"왜요?"

뾰족한 목소리였다. 찡가는 일부러 목소리를 낮추었다. 최대한 근심스러운 표정을 짓는 것도 잊지 않았다.

"그거 혹시 무지개들 집에서 나온 건 아니지? 맞다면 위험할 수도 있는 물건이라서 말이야. 그 사람들한텐 그냥 예쁜 장식인데, 지구인한테는 해로운 물질을 뿜어내는 것들이 좀 있어."

민아의 얼굴이 창백해졌다. 그럼 어떻게 해야 하냐고 당황하는 민아에게 쩡가는 자신이 대신 처리해 주겠다고 말하고선 그 구슬을 건네받았다. 민아는 울상이 되어서 손을 마구 털어 댔다.

"잠깐 가지고 있었던 거니까 괜찮아. 너무 걱정 말고 다른 사람들한텐 이야기하지 마. 괜히 오해받을 수 있어."

"저, 정말이죠? 네!"

순진하기는. 세상 모든 게 우스워 보일 저 나이의 아이들이 제일 속이기 쉽다는 것이 그의 믿음이었다. 사람들 눈길이 닿지 않는 곳으로 자리를 옮긴 쩡가는 조심스럽게 구슬을 만져 보았다. 영롱한 오색 빛이 은은히 흘러나오는, 한눈엔 진주처럼도 보이는 유백색의 구슬이었다. 세상 어디에서도 본 적 없는 빛이다.

"맙소사……."

소문이 사실이었다. 무지개가 보석을 만들어 낼 수 있다는 소문이 진짜였던 것이다.

"당신들 뭐야!"

뒤늦게 경비원 차림의 남자 하나가 헐레벌떡 뛰어왔다. 보석 고양이가 얼른 나서서 미리 준비해 뒀던 변명거리를 늘어놓았다. 따뜻한 차까지 한 잔 내민 그녀는 새로운 방송 매체에 대한 주민들의 의견이 필요하다며 운을 띄웠다.

2단지 경비에게서 알아낸 정보는 놀라웠다. 웬 중학생 둘이서 길 잃은 무지개 아기 하나를 데려왔길래 주민들에게 확인해 보려 했더니, 주민들 중 무지개들만 감쪽같이 모조리 사라졌다는 것이었다.

"이 동은 무지들만 입주해 있었거든. 싹 비었어, 지금."

다른 단지의 무지개들도 모두 사라진 모양이었다. 그는 경찰과 정부의 관계부처에 신고를 넣고 오는 길이라고 했다.

찡가의 머리가 빠르게 회전하기 시작했다. 원인은 모르겠지만 무지개들이 모두 사라진 건 보통 일이 아니었다. 관리 중이던 외계 종족 하나가 통째로 증발하다니, 이 사태를 정부가 가만히 두고 볼 리가 없었다. 지금 당장이라도 조사단이 도착할 수 있다. 어쩌면 미래 아파트 전체를 조사를 핑계로 봉쇄할 수도 있을 것이다. 남은 시간이 많지 않았다.

그리고 이것은 일생일대의 기회인지도 모른다.

"실시간으로 가자."

찡가가 제안했다. 보석고양이는 고개를 끄덕였다. 그들은 엄청난 사건의 현장 한가운데에 있는 것이다. 그들의 실시간 방송은 그야말로 특종이고 속보였다. 사람들이 구름 떼처럼 몰려들 것이다.

하지만 조심해야 했다. 까딱 잘못했다가는 그들만 정부의 통제를 받고 쫓겨날 수도 있으니 미끼는 많을수록 좋았다. 찡가는 개인 방송 창작자들에게 전체 메시지를 뿌렸다. 몇 분 안에 무지개 실종 사건을 찍으러 수십 명의 BJ가 몰려들 것이다.

시청자 조금을 떼어 주고 안전을 얻는다면 그것도 남는 장사다. 그래 봤자 첫 방송은 그가 시작할 테니 시청자 수는 찡가 TV가 압도적일 것이다.

"빠른 게 최고라 이거지?"

보석고양이가 씩 웃었다. 찡가도 그녀를 향해 마주 웃어 보였다. 보석고양이도 촬영 준비를 위해 다른 방향으로 출발하기로 했다. 정보 수집과 보조 촬영을 위해 아르바이트 인력도 두 패로 나눴다. 보석고양이가 장비를 챙기러 달려가는 뒷모습을 바라보며, 찡가는 조용히 중얼거렸다.

"그래. 빠른 게 최고야. 넌 이미 늦었고."

보석고양이나 다른 창작자들이 무지개 실종을 보도하느라 정신없을 때 그는 다른 것을 목표로 할 것이었다.

왜 다들 저렇게 두뇌 회전이 느릴까.

오늘의 주인공은 외따로 홀로 남겨진 어린 무지개와 그 보호자 중학생들인데.

찡가는 주머니 속의 구슬을 만지작거렸다.

*

나래가 흠칫 몸을 떨며 눈을 떴다. 세상에 이 상황에 졸다니, 어떻게 이럴 수가 있을까. 별안간 덮치는 불안감에 주변을 마구 훑던 나래는 겨우 안도의 한숨을 내쉬었다.

보보는 자기 품 안에서 잠들어 있었다.

쌔근쌔근 조용하고 평온한 숨소리가 나래의 긴장을 녹였다.

나래는 손등으로 안경을 밀어 올리고 눈을 비볐다. 생각해 보니 어젯밤에도 잠을 네 시간밖에 못 잤다. 나래는 늘 피곤했다. 해야 할 일은 늘 많았고 자신은 언제나 느렸으니까, 항상 부지런해야 했다.

지금 몇 시일까?

얼마 동안 잠들어 있었는지 알 수가 없었다. 다만 분명한 것은, 나래가 아직도 혼자라는 사실이었다.

송원호가 나타나질 않는다.

다시 한 번 불안감이 스멀스멀 피어올랐다. 다른 인기척은 더 이상 없었다. 아까까지 아파트 주위를 배회하던 사람들도 모두 어디론가 사라져 버린 후였다. 그들 때문에 못 오고 있는 것은 분명히 아닐 것이다. 정신이 번쩍 들었다.

얘는 애가 너무 순진해서.

엄마의 목소리가 귓속을 어지럽혔다.

좀 약아져 봐라. 애들 말을 곧이곧대로 다 믿고 너 혼자 그러고 있었던 거야? 참 나.

가슴이 쿵쾅댔다. 이번에도 바보같이 속은 걸까? 하긴 송원호가 굳이 위험을 무릅쓰고 이곳으로 돌아올 이유가 무엇이란 말인가. 자전거도 있겠다 이미 옛날에 단지 밖으로 나가 버렸을 수도 있다.

뭐, 똑똑한 윤나래가 알아서 하겠지.

하고, 교실에서 만난 다른 아이들처럼, 그렇게.

눈물이 왈칵 솟았다.

"아, 있다!"

나래의 고개가 획 돌아갔다. 휴대폰 라이트가 그녀의 얼굴을 똑바로 비추었다. 강한 빛이 눈을 찔러 나래는 팔로 얼굴을 가릴 수밖에 없었다.

"어우, 미안! 괜찮아? 왜 전화를 안 받고 그러냐. 걱정했잖아."

송원호였다. 정말로 송원호였다. 목에 메어 왔다. 꾹 참고 있었던 울음이 결국 툭 터져 나오고 말았다.

"너 우냐?"

어깨를 떨며 훌쩍이는 나래를 보고 원호는 안절부절못하기 시작했다. 나래는 고개를 마구 가로저었다.

"아니야. 왔네? 정말로?"

"무슨 소리야? 온다고 했잖아."

원호의 얼굴이 조금 달아올랐다. 우는 거 맞잖아. 왜 그래? 많이 무서웠어? 무슨 일 있었어? 원호는 입 밖으로 나오려는 말을 꿀꺽 삼켰다. 그러고는 나래 품에서 동그랗게 웅크린 보보의 머리를 괜히 슥 쓰다듬었다.

"오, 우리 보보 자네. 착해라."

"우?"

보보가 곧장 눈을 떴다.

"아바!"

자기를 알아보고 방긋 웃는 보보를 보니 또 기분이 한껏 좋아지는 원호였다.

"아빠 아니야. 형, 해 봐. 형!"

겨우 진정한 나래가 눈물을 쓱 닦았다. 그러고는 원호의 도움을 받아 몸을 일으켰다. 그때까지도 원호가 두르고 있던 아기띠에 보보를 집어넣고서, 나래는 자신의 허벅지와 종아리를 두드렸다. 다리가 너무 저렸다. 감기가 들려는지 콧물도 나오는 것 같았다. 그래도 유달리 따뜻한 보보의 체온 덕에 많이 춥지는 않았는데, 보보를 떼어 놓으니 갑자기 한기가 몰려왔다.

휴대폰으로 시간을 확인한 원호가 말했다.

"이제 7시야. 여기서 계속 헤매는 건 위험할 것 같아."

코를 훌쩍 들이마신 나래가 고개를 끄덕였다. 박태민과 이민아 외에도 이 단지에는 보보를 탐내는 사람들이 많았다. 그들은 지금도 이곳저곳을 헤매며 그들을 찾고 있을 것이었다. 검지로 턱을 긁던 원호가 결단을 내렸다.

"우리 집으로 가자."

"응. 응? 뭐라고?"

"오면서 지도 봤는데, 3단지 쪽으로 넘어가면 별로 멀지도 않아. 걸을 만해. 가서 라면이나 하나 끓여 먹고 움직이자. 배고파서 안 되겠다. 보보도 뭐 좀 먹어야 하지 않아?"

"너희 집에서?"

"응. 우리 집에서. 왜? 뭐가 잘못됐어?"

"아니. 그건 아니지만⋯⋯."

친구 집이라는 곳에 가 본 일도 손으로 꼽는데, 대뜸 남자애가 자기 집에 가자니 당황스러울밖에. 하지만 원호가 앞장서서 성큼성큼 걷기 시작하자 따라가지 않을 도리가 없었다. 보보는 원호를 다시 보니 좋은지 마냥 신나서 두 팔을 붕붕 휘두를 뿐이었다. 그러고 보니 해결해야 할 문제가 있었다.

나래는 그동안의 일을 설명했다. 쩡가 쪽 사람들이 차고 다니는 팔찌에서 보보를 자극하는 음파 같은 것이 나오고 있는 것 같다는 것, 보보가 계속 불안해하면서 그쪽으로 가려고 든다는 것, 그래서 주의를 돌리려고 자장가를 불러 줬는데 효과가 있었다는 것. 대비 없이 이동하다가 그들과 마주치면 보보의 정체를 들킬 수도 있었다.

원호의 눈이 반짝였다.

"가는 동안 내가 계속 노래 불러 줄까?"

나래는 미간만 좁힌 채 잠시 말이 없었다. 원호는 조금 실망했다. 그 모습을 본 나래가 몹시 조심스럽게 의견을 밝혔다.

"너무 눈에 띌 것 같아."

"그래⋯⋯."

"이 방법은 어떨까? 너 혹시 이어폰 같은 것 있어?"

원호의 얼굴에 화색이 돌았다. 나래는 원호의 무선 이어폰을 받아 보보의 귀에 꽂아 주었다. 다행히 어찌어찌 귀에 맞았고 보보도 싫어하는 기색은 아니었다. 도대체 무슨 곡을 틀려나 싶었는데 원호에겐 생각이 있는 모양이었다. 왠지 기쁜 기색으로 휴대폰을 조작하며, 원호가 말했다.

"너도 들어 봐. 괜찮을 거야."

설마 메탈 같은 걸 틀려는 건 아니겠지? 걱정스러운 마음에 나래는 보보의 귀에서 한쪽 이어폰을 빼내 자기 귀에 꽂았다.

드럼과 기타가 가볍게 달리더니 귀에 익은 멜로디가 이어졌다. 밝고 경쾌한 멜로디다. 어딘지 장난스럽기까지 한, 하지만 왠지 기분 좋은. 원호가 자전거를 타고 가며 흥얼거렸던 그 음악이었다.

"네가 만든 거야?"

"응. 어때? 지난번 것보다 낫지?"

사실 나래가 들은 원호의 지난번 노래란 작년 축제에서의 그것밖에 없다. 그래도 이것만은 분명하게 말할 수 있었다.

"멋지다……."

보보도 춤이라도 추려는 듯 두 다리를 쭉쭉 뻗고 있었다. 원호는 얼굴이 빨개져서는 고개를 옆으로 돌렸다.

"그, 그치? 다행이다. 가사도 있어. 집에 가서 보여 줄게."

나래의 입가에 작은 미소가 걸렸다.

"이제 출발하자. 이러다 늦겠다."

이번엔 나래가 앞장섰다. 적어도 2단지를 벗어날 때까지는 완벽한 길잡이가 되어 줄 자신이 있었다. 코를 다시 한 번 훌쩍이고, 나래는 고개를 들어 낡은 아파트를 마지막으로 올려다보았다. 204동 너머로 보이는 저 그림자가 202동일 것이다. 그녀의 어린 시절을 든든하게 지켜 주었던 곳. 가슴 한구석이 간질간질해졌다. 결국 제대로 들르지도 못한 채 떠나게 되는구나. 별로 특별한 것을 기대한 건 아니었지만, 왠지 서글퍼졌다.

한 집에 불이 켜진 것은 바로 그 순간이었다.

나래의 발이 덜컥 멈춰 섰다. 조그마한 아이 하나가 거실 창문에 달라붙어 이쪽 공터를 내려다보고 있었다. 거실등 빛을 등 뒤로 받은 그림자였지만, 알 수 있었다. 곧 키 큰 그림자 둘이 다가와 아이를 안아 들었다. 아이의 이마에 입을 맞추고, 그들은 집 안쪽으로 사라졌다.

"왜 그래?"

"아니야."

코가 시큰했다. 옛날에 살던 집이 꼭 저 즈음의 층에 있었다.

어린 나래의 행복을 지켜 주었던 그 집은 지금쯤 다른 가족의 행복을 지키고 있을 것이다.

이제 됐어. 와 보길 잘했어.

그렇게 생각하며 나래는 마지막으로 보보를 한 번 더 돌아보았다. 나래의 손이 주머니 속의 휴대폰을 더듬다가, 그냥 빈 채로 밖으로 빠져나왔다.

셋은 출발했다. 새하얗게 빛나는 조각달이 그들 뒤를 따라왔다.

3부

분명히,
이런 우리를
기다려 주는

누군가가

7. 너무 느리거나 너무 빠르거나

"그 말을 왜 지금 해?"

"아, 뭐! 왜 나한테 신경질이야?"

민아가 소리를 빽 질렀다. 주춤 물러났던 태민이 다시 이를 악물었다.

"너 속은 거야. 그걸 왜 순순히 넘겨 주냐? 돈이라도 받았어야지."

"위험한 거라는데 그럼 그걸 계속 쥐고 있어? 네가 들고 있던 것 아니라고 쉽게 말한다, 너?"

"야, 생각을 해 봐. 그렇게 위험한 거면 집에 막 굴러다니게 됐겠냐? 쩡가가 그 보석 보고 딴생각 품은 거라니까? 다른 사람한테 말도 하지 말라고 했다며. 순진한 거냐, 멍청한 거냐? 너 속은 거라고, 이 바보야!"

민아는 허, 하고 헛웃음을 터뜨렸다.

"됐어. 그럼 넌 절대 속지 말고 잘 해 봐. 난 그만할 테니까."

"뭐?"

"난 그냥 산책 정도 하고 오만 원 벌려고 한 것뿐이거든? 이게 뭐야. 분위기 이상하잖아. 위험한 일에 끼고 싶은 생각 없어."

민아의 말대로였다. 어느 순간부터 촬영 팀의 분위기가 심각해지고 있었다. 태민에게는 그게 오히려 스릴 있고 좋았지만 민아는 아닌 모양이었다.

"이제 '진짜'로 시작될 판인데 빠진다고? 고작 알바비 한 번 받고 말 거야? 이건 기회야. 이 판에 제대로 얼굴도 알리고 우리도 유명해질 수 있을지 누가 알아?"

"난 싫어. 저기요! 전 이제 그만 갈래요. 돈 주세요."

민아는 태민 쪽은 쳐다도 보지 않고 탑차 쪽으로 가 버렸다. 태민이 바닥에 침을 뱉었다. 기분이 더러웠다. 어째 오늘은 일이 자꾸 되려다 마는 느낌이었다. 태민은 채팅창을 열어 원호를 클릭했다. 기존 일대일 대화 기록이 하나도 없는 빈 창에, 태민은 메시지를 쳐 넣었다.

― 송원호, 어디야.

'1'이 사라지지 않았다. 태민은 곧장 다음 문장을 두드렸다.

― 당장 불어. 안 그러면 내일 학교에서 만나면 가만히 안 둘 거야.

― 대답 안 하지?

― 그 외계인 데리고 당장 1단지 광장으로 튀어와.

― 십 분 준다.

1자가 한 번에 사라졌다. 태민은 초조하게 원호의 답을 기다렸다. 한참 만에야 짧은 메시지가 떠올랐다.

― ㄴㄴ

"이 새……!"

― 애를 너한테 왜 데려다주냐. 가족한테 데려다줘야지.

그게 끝이었다. 분을 못 이긴 태민이 아악 소리를 질렀다. 이

대로 포기할 수는 없다. 고작 알바비 얼마에 오늘 하루를 날릴
수는 없었다. 이민아는 만만했을지 몰라도 자신은 그렇게 호락
호락하게 당할 생각이 없었다. 그래, 구슬 문제부터 처리해야 했
다. 태민은 찡가를 찾았다. 그는 오프닝 멘트를 마치고 잠시 대기
중이었다.

"저기요."

"뭐야?"

방송으로 잔뜩 긴장한 찡가가 날카롭게 반응했다. 하지만 그
정도에 기죽을 태민이 아니었다. 태민은 손을 내밀었다.

"그 구슬요. 돌려줘요. 내 거니까."

"구슬이라니? 무슨 소린지 모르겠는데."

발뺌이었다. 욱 화가 치미는데 갑자기 찡가가 태민의 어깨에
팔을 둘렀다.

"네가 그 여자애랑 같이 있던 애지? 무지개를 마지막으로 봤
다는 애."

"그런데요?"

"이따 인터뷰 시간 하나 빼놨거든. 어때, 한번 해 볼래?"

태민이 헛숨을 들이켰다. 찡가의 실시간 방송에 자기 얼굴을
내보낼 수 있다니 정신이 번쩍 들었다. 아까 언뜻 들은 이야기로

지금 당장의 채널 접속자 수도 단위가 어마어마했다.

"인터뷰비도 주죠?"

"당연하지. 아직 시간이 있으니까 먼저 이야기 좀 해 줘. 무슨 일이 있었던 거야?"

막상 말을 하려니 무엇부터 이야기해야 할지 알 수가 없었다. 태민은 되는대로 기억을 퍼내기 시작했다. 듬성듬성 이어지는 그 이야기를 찡가는 진지하게 들었다.

"그런데 거기서 송원호랑 윤나래가 나온 거죠."

"잠깐만."

찡가가 급히 손을 들어 말을 끊었다.

"아는 애들이었다고?"

"네. 같은 반이니까 당연히 알죠."

태민은 휴대폰을 꺼내 원호와의 대화 내용도 보여 주었다. 찡가는 원호의 프로필 사진과 몇 줄 안 되는 메시지들을 뚫어지게 쳐다보았다.

"얘네 집 어디인지 알아?"

"아뇨."

"아깝네."

말은 그렇게 하면서도 낙담한 투는 아니었다. 찡가는 몹시 기

133

분이 좋아 보였다. 다시 방송 시작 시간인 모양이었다. 촬영 팀에서 찡가를 불렀다. 찡가는 태민의 어깨를 힘주어 두드리며 씩 웃었다.

"너, 나랑 일 같이 해 볼래?"

*

민아는 빳빳한 오만 원권을 아무렇게나 접어 주머니에 쑤셔 넣었다. 뒤를 돌아보니 태민이 찡가와 뭔가를 쑥덕거리고 있었다. 촬영을 위해 켜 둔 라이트 때문에 주변이 환했다. 너무 환했다. 너무 환해서 온갖 것들이 다 눈에 들어왔다.

분주히 오가는 촬영 팀의 모습, 여기저기서 전화기를 붙잡고 뭔가를 외치는 사람들, 커튼 귀퉁이를 들추고 바깥을 살피는 주민들의 모습까지.

뭔가가 잘못되었다는 생각이 들었다. 적어도 이곳은 자신이 있어야 할 곳이 아니라는 것만은 분명했다. 갑자기 뒷덜미가 서늘해져서 민아는 급히 발걸음을 옮겼다. 동시에 휴대폰을 꺼내 윤나래의 전화번호를 찾았다.

화면을 한참 바라보던 민아는 휴대폰을 그냥 주머니에 집어넣었다. 그리고 뒷머리를 벅벅 긁더니 다시 꺼냈다.

"아, 몰라!"

한참을 망설이던 민아가 결국 눈을 질끈 감고서 통화 버튼을 눌렀다. 단조로운 신호음이 시작되었다. 초조해진 민아는 앞머리를 연신 꼬았다. 큰마음 먹고 건 전화였다. 얼른 할 말만 하고 끊어 버릴 참이었다.

그런데 어째선지 신호음이 열 번을 이어지도록 나래는 전화를 받지 않았다. 본래 나래는 전화 받는 속도가 느리다. 하지만 연거푸 두 번을 걸어도 받지 않는 일은 전에 없던 일이었다. 오래전, 친했던 때에 몇 번이고 걸어 봐서 알고 있다.

물론 옛날 일이긴 했다. 중학교 입학하자마자 같은 반이 되었을 때 잠깐 친했던 것이니까. 새 환경에 잔뜩 겁먹은 아이들은 다들 친구를 만들기 위해 필사적이었다. 나래는 그때 '스쳐 지나간' 친구들 중 하나였다. 민아는 곧 자신과 비슷한 아이들 무리 속에 들어갈 수 있었다.

윤나래는…… 세상에 윤나래와 비슷한 아이들은 아무도 없었다. 그 아이는 너무 달랐다. 마치 외계인처럼.

그래도 둘 사이가 서먹해진 뒤에도 전화 통화만은 잘되었다. 올해 다시 같은 반이 되고서도 몇 번 통화를 해 본 적이 있었다.

숙제 때문에 건 전화이긴 했지만.

하지만 지금 민아는 숙제 같은 것 때문에 윤나래를 찾고 있는 게 아닌데.

"왜 이렇게 안 받아……."

민아가 손톱 끝을 물어뜯었다.

*

원호가 인상을 쓰며 휴대폰을 두드렸다. 나래는 그 곁에서 자꾸 화면 쪽으로 눈길이 가려는 것을 꾹 참고 있었다. 둘은 어느새 나란히 걷고 있었다. 보보가 손을 내밀어 휴대폰을 만지려 하자 원호는 팔을 길게 뻗어 그 손길을 피했다.

"으으, 지지야, 보보! 이런 건 보면 안 돼."

"뭔데 그래……?"

결국 궁금증을 참지 못했다. 막상 입을 떼고 나니 괜한 걸 물었다 싶어서 목소리가 점점 작아지는 나래였다. 하지만 원호는 대수롭지 않다는 듯 곧바로 대답했다.

"박태민. 보보 자기한테 안 데려오면 나 가만히 안 둔다는데?"

나래의 안색이 어두워졌다. 박태민이라면 정말로 그럴 수도 있을 것 같았다. 원호는 코웃음을 치고는 버튼을 몇 번 더 눌렀다.

"캡처. 학폭으로 신고해야지."

그러고는 룰루랄라 뒤꿈치로 땅을 튕기며 발장난을 하는 것이었다. 나래는 눈을 깜박였다. 어떻게 저럴 수가 있지? 저 애를 보고 있으면 세상 모든 걱정이 다 쓸모없게 느껴졌다. 다가올 모든 일에 걱정부터 앞서는 자신이 바보처럼 느껴질 만큼.

아니, 바보가 맞지만.

부러운 성격이었다. 원호의 가벼움에 전염된 듯, 마음이 조금은 붕 떠오르는 것 같기도 했다. 나래는 그 느낌에 몸을 맡기기로 했다. 이제 좀 긴장을 풀 때도 되긴 했다. 셋은 지금 막 미래 아파트를 벗어났던 것이다.

아파트 단지 안을 돌아다니는 사람이 제법 있었지만 보보가 얌전히 있어 준 덕에 눈에 띄지 않고 움직일 수 있었다. 보보는 원호의 노래가 꽤 마음에 들었는지 그것에 온 신경을 집중하고 있었다. 여러 번 반복 재생을 했는데 질리지도 않는 모양이었다.

혹시 정문 앞을 지키고 있는 사람들이 있을지도 몰랐다. 그래서 그들은 다시 한 번 담을 넘기로 했다. 화단을 피해서 다행히 '보안 장치'가 있을 법하지 않은 곳을 찾을 수 있었다. 이쪽 담은 꽤 높이가 있었고 둘은 서로 밀어 주고 당겨 주고서야 무사히 반대편 바닥에 착지할 수 있었다. 그게 조금 전의 일이었다.

"저건 뭐냐?"

원호가 멀리 떨어져 있는 3단지 출입문 쪽을 가리켰다. 차 여러 대가 엉켜 있고 사람들이 몰려서 뭐라고 큰 소리를 내고 있었다. 좀 떨어진 쪽에서는 다른 무리가 카메라를 설치하고 그 앞에서 뭔가를 찍고 있었다. 어디선가 경찰차 사이렌 소리 같은 것도 들려왔다. 사이렌 소리는 점점 이쪽으로 가까워지고 있었다.

나래가 두 손가락으로 원호의 소매를 잡아끌었다.

"그냥 가자."

아무리 봐도 쩡가와 비슷한 부류의 사람들 같았다. 왜 갑자기 저렇게 몰려드는지 알 수 없지만 엮여서 좋을 일이 없었다. 원호도 금세 이해했다. 그들은 빠른 걸음으로 장소를 옮겼다.

원호의 집은 나래가 한 번도 와 본 적 없는 곳에 위치해 있었다. 큰길과 이어진 좁은 골목길을 돌고, 그 길과 이어진 좀 더 좁은 길을 다시 돌고 돌고 도니 벽돌로 지어진 오래된 2층짜리 주택이 나타났다. 나래의 눈엔 빌라 두 채 사이에 낀 그 집이 비좁은 자리에 끼어 앉으려 어깨를 잔뜩 움츠린 것처럼 보였다.

"여기야. 들어가자."

대문은 잠겨 있지도 않았다. 원호는 좁은 마당을 거쳐 2층으로 향하는 계단을 한 번에 두 단씩 뛰어올랐다. 열쇠로 문을 열고 불을 켜자 사방을 나무로 짜낸 거실이 나타났다. 붉은빛이 도는 나무살이 손때가 묻어 반들반들했다.

원호는 허물을 벗듯이 가방과 패딩 점퍼를 한 번에 벗어 던지고는 보보를 내려놓았다. 그때까지도 나래는 현관 앞에 서서 머뭇거리고 있었다.

"뭐 해? 들어와. 아무도 없어."

"아무도 없어?"

"응. 엄마 아빠는 가게에 계시거든. 뭐 먹을래? 뭐 만들까?"

"아무거나……."

들릴 듯 말 듯한 소리로 대답하며 나래도 신발을 벗었다. 원호는 주방 안으로 사라졌다. 보보는 뒤뚱거리면서도 열심히 거실을 돌아다녔다. 벽에는 액자가 많이 걸려 있었다. 모두 원호나, 부모님이 찍혀 있는 가족사진이었다. 보보만큼 작은 원호가 이 거실 바닥에 큰대자로 누워 있는 사진도 있었다.

원호네는 아주 오랫동안 이 집에서 살아온 모양이었다. 보보가 눈이 휘둥그레져서 사방을 가리키며 외쳤다.

"혀, 혀! 형!"

"응. 다 형이네. 형 좋아?"

보보가 나래에게 고개를 크게 끄덕이며 방실방실 웃었다.

사진을 구경하며 우두커니 서 있는데 원호가 불쑥 나와 라면 봉지 하나를 눈앞에 들이밀었다.

"이거 끓인다?"

짜장 라면이었다. 지금까지는 배고프다는 느낌이 없었는데 막상 먹을 걸 보니 생각이 달라졌다. 갑자기 못 참을 정도로 허기가 졌다. 메뉴를 통보한 원호가 막 뒤돌아서려는 찰나였다. 묘한 불안감이 둘을 덮쳤다. 집이 왜 이렇게 조용할까? 보보는 지금 뭘 하고 있지?

둘의 눈이 동시에 보보를 향했다. 보보는 어느새 TV 장식장 앞에 가 있었다. 까치발을 하고 깡충한 몸을 늘여서는, 뭔가를 향해 팔을 뻗고 있었다. 원호와 나래는 홀린 듯 그 손끝을 따라 눈을 움직였다. 짧고 통통한 손이 꼼지락대며 향하는 곳에는 원호의 가족사진이 든 액자가 있었다. 보보는 그 사진이 유독 마음에 든 모양이었다. 액자는 잡지책보다도 큰 사이즈에, 화려한 양각의 금속 테두리를 두른 몹시 고전적인 디자인이라 꽤 묵직했는데 위험하게도 장식장 귀퉁이에 아슬아슬하게 걸쳐져 있었다. 보보의 손이 그 하단을 푹 찔렀다.

"아, 안 돼!"

"보보야!"

누구 손이 빨랐는지 둘도 알 수 없었다. 보보 머리 위를 덮치던 액자가 누군가의 손에 맞아 다른 쪽으로 튕겨나갔다. 놀란 보보가 으앙 울음을 터뜨렸다.

"안 다쳤어? 괜찮아?"

"괜찮아. 어, 괜찮아. 보보. 괜찮다니까?"

보보는 더 크게 울었다. 어지간히 놀란 게 아닌 것 같았다.

"이, 이거 보고 싶었지? 자, 봐 봐. 여기."

원호가 액자를 주워다 보여 주었지만 소용없었다. 오히려 액자를 보고는 더 악을 쓰더니 바닥에 털퍼덕 누워 버리는 것이었다. 그리고 원호와 눈이 마주치자 오히려 원망하듯 크게 울어 버리는 것이 아닌가. 원호는 억울해졌다.

"내, 내가 뭘!"

나래가 비장한 얼굴로 나섰다. 자신 없는 손길로 보보의 가슴을 토닥이며, 나래는 자장가의 첫 소절을 불러 보았다. 울음소리가 잦아들더니 보보가 눈을 깜박였다.

"허……."

원호는 어이가 없었다. 하지만 어느새 자신도 나래의 노래에 귀를 기울이고 있었다. 그냥 자장가였다. 흔하고 평범하고 기교도 없는 노래. 그렇지만 그것은 그냥 자장가이기만 한 것은 아니었다. 원호는 한 손으로 입을 가린 채, 제법 심각한 자세로 노래를 들었다. 나래의 얼굴이 새빨개졌다. 노랫소리가 뚝 끊겼다. 나래는 딴청을 부리며 보보를 끌어다 자기 무릎 위에 앉혔다.

"라면은?"

"아, 끓여야지. 그래. 금방 올게. TV라도 보고 있어!"

원호가 허둥지둥 일어나더니 TV를 켜 주고 사라졌다. 역시 첫 화면에 뜨는 것은 음악 채널이었다. 벌어진 문틈 사이로 엿보이는 원호의 방에도 오래된 밴드의 포스터가 붙어 있었다. 정말 일관성 있는 애다. 나래는 자기도 모르게 조금 웃고 말았다. 그리고 그제서야 가방과 코트를 벗었다.

고소한 냄새가 진동한다 싶더니 원호가 접이식 상을 들고 왔다. 곧 따라 나온 냄비 속에는 반들반들 기름이 도는 갈색 면발이 푸짐하게 담겨 있었다. 귀퉁이를 살짝 태운 바삭한 달걀프라이도 세 개나 올렸다. 입이 짧은 나래인데도, 냄비에서 눈을 뗄 수가 없었다. 저절로 침이 넘어갔다. 원호는 작은 반찬 통도 하나 들고 나오더니 뚜껑을 열었다. 먹음직스럽게 익은 갓김치가 새큼한 냄새를 뿜어냈다.

"잘 먹겠습니다!"

자기가 끓였으면서도 그렇게 외치는 원호였다.

"잘 먹겠습니다."

나래도 마주 인사하고 젓가락을 들었다. 딱 적당하게 잘 익은 면발은 촉촉하게 국물이 잘 배어 이보다 더 맛있을 수가 없을 것 같았다. 두 눈이 휘둥그레지는 맛이었다. 두어 가닥을 깨작깨작 맛보던 나래는 이번엔 젓가락으로 잔뜩 모은 면발을 단번에 퍼 올렸다. 원호는 그새 자기 몫으로 덜었던 것을 다 먹고는 냄비에서 또 한 그릇을 떠내고 있었다.

"우웅⋯⋯."

보보가 서럽게 웅얼거렸다.

"어, 미안! 네 것도 챙겨야지."

아기에 대해 잘 모르지만, 왠지 짜장 라면은 주면 안 될 것 같다는 확신이 들었다. 원호는 주방으로 돌아가서 냉장고 문을 열었다. 그나마 좀 괜찮을 것 같은 것들이 눈에 띄어 다행이었다. 다시 나온 원호의 손에는 데운 우유 한 컵과 도넛 한 개가 담긴 접시가 들려 있었다.

먹을 것을 본 보보의 눈에 행복이 가득 찼다. 보보는 몇 번씩 컵을 엎지르려 들었고 결국 원호는 자기 젓가락을 내려놓고 컵을 보보 입에 대어 주었다. 꼴깍꼴깍 쉬지도 않고 우유 한 컵을 비우고서, 보보는 두 손으로 꼭 쥔 도넛을 한 입 야금 베어 물었다. 그러고는 충격받은 듯 부르르 떨더니 도넛을 입에 욱여넣기 시작했다.

"많이 배고팠나 봐."

"그러게."

배고프긴 그들도 마찬가지였다. 젓가락들이 다시 부지런히 움직이기 시작했고 셋 사이에 행복한 정적이 흘렀다. 냄비가 완전히 비는 데 십 분도 걸리지 않았다. 원호는 그대로 뒤로 벌렁 누워 배를 두드렸다.

"아이고, 이제 좀 살겠다."

"잘 먹었어. 내가 정리할게."

"우리 집인데 네가 정리를 왜 하냐? 됐어, 놔둬."

원호가 몸을 다시 일으키더니 그릇들을 포개기 시작했다. 멋쩍어진 나래는 주변을 두리번거리다 아까 떨어진 액자를 발견했다. 제자리에 정리하려고 액자를 주워 들던 나래는 피식 웃고 말았다. 보보가 왜 이 액자에 관심을 보였는지 알 것 같았다.

"같이 보자, 보보."

보보가 얼른 나래의 무릎 위에 다시 올라와 앉았다.

사진 속의 원호는 마이크를 들고서 무슨 노래를 열창하고 있었다. 고개를 위로 젖힌 채 두 눈을 질끈 감고, 남은 한 손은 주먹을 불끈 쥐고 하늘을 찌르고 있었다. 마이크는 분홍색 플라스틱으로 만들어진 어린이용 장난감이었다. 그리고 원호의 양옆에서 한쪽 무릎을 꿇고 찬양이라도 하듯 두 팔을 그를 향해 펼쳐 보이고 있는 것은 아무리 봐도 원호의 부모님인 것 같았다. 엄마는 더할 나위 없이 진지하게 감격한 표정이었고 아빠는 입술을 꽉 깨물고 웃음을 참고 있는 것 같았는데, 그 양손에 든 물건이 파격적이었다.

"닭다리?"

"우리 집 치킨집 하잖아."

원호가 거창하게 한숨을 내쉬었다.

"저렇게 찍고는 전단지에 넣겠다잖아. 내가 미친다, 진짜!"

정말 나 몰래 넣기만 해 봐. 집 나갈 거야, 하고 투덜거리는 원호에게 한 번 향했다가, 거실에 빼곡하게 걸린 액자들을 다시 천천히 훑은 나래의 시선이 바닥으로 떨어졌다.

"가족끼리 사이가 좋구나. 부럽다."

"좋아? 이게?"

원호가 질색했다.

"우리 맨날 싸우거든? 장난 아니거든? 너도 우리 엄마 아빠 한

번 봐야 돼. 진짜 이상한 사람들이라니까. 메뉴 개발한다고 딸기 셰이크 치킨이나 버블티 치킨 같은 거 매일 먹으려 드는데 내가 같이 살 수가 없다, 정말! 너 같으면 그거 돈 주고 사 먹겠냐? 아무리 안 될 거라고 말해도 믿질 않네!"

"왜……? 괜찮을 것 같은데."

"진심이야?"

나래는 대답하지 못했다.

"난 너희 집이 부럽다, 야. 너네 아파트 진짜 좋잖아. 넓고 깨끗하고 상가도 좋고. 우리도 돈 많으면 그런 데로 갈 텐데 지금으로는 택도 없네. 너희 엄마 아빠 정말 대단하시다."

"아빠 없어."

"응?"

"아빠 안 계시다고. 우리 부모님 옛날에 이혼하셨어."

원호의 혀가 굳었다. 나래는 보보의 볼을 조물거리며 말을 이었다. 고개는 여전히 숙인 채였다.

"엄마는 너무 바쁘셔. 자정 넘어 퇴근하셔서 밤에 잠깐 얼굴 보고 아침에 주무실 때 조용히 인사하고 나와."

원호는 이을 말을 찾을 수가 없었다. 어색한 몇 초가 흐른 후에야 겨우,

"그렇구나……."

한마디만 할 수 있을 뿐이었다. 무거운 침묵이 흘렀다. 보보만 달라진 분위기를 눈치채고 나래와 보보를 번갈아 올려다보았다.

"아, 미안. 분위기 깨서."

나래가 갑자기 사과했다.

"정말 미안해. 내가 괜한 이야기를 했네."

"아니, 그런 건 아니고."

원호가 뒷머리를 벅벅 긁었다. 그러고 보니 떠오르는 생각이 있었다.

"아까부터 하고 싶었던 말인데, 넌 왜 그렇게 사과를 자주 하냐? 뭘 그렇게 잘못했다고."

가까이서 지켜본 건 오늘 단 하루였지만 원호는 윤나래에 대해 조금은 알 것 같았다. 지금까지는 그냥 말수 적고 조용하고 공부 잘하는 똑똑한 여자애, 우리 반 일 등. 그렇게만 생각해 왔다. 하지만 윤나래는 그냥 그렇게 결론 내릴 수 있는 애가 아니었다.

말을 할 때마다 자기를 쳐다보는 게 아니라 다른 곳에 눈을 두고 이야기를 했다. 눈을 잘 마주치지 못했다. 목소리가 작았다. 잘 놀라고, 상대방 대답이 늦으면 대뜸 사과부터 했다.

지금도 그랬다. 나래는 겁먹은 토끼 같은 얼굴을 하고 있었다. 원호는 일부러 목소리를 밝게 했다.

"네가 미안할 일이 아니잖아. 별것도 아닌 일에 먼저 사과하지 마. 자꾸 그러면 남들이 만만하게 본다?"

나래의 미간이 좁아졌다. 아, 화났나? 이번엔 원호가 나래의 눈치를 살필 차례였다.

"넌…… 좋겠다. 사과하지 않아도 되어서."

원호는 나래의 말을 이해할 수 없었다. 나래는 그럴 줄 알았다는 듯 작게 고개를 끄덕였다.

"나 좀 답답하지? 다들 그렇게 말해. 엄마는 내가 생각이 너무 많고 행동이 굼뜨대. 느려 터졌대. 그래서 사람을 짜증 나게 한대."

"말씀이 좀……."

"엄마가 맞아. 다른 애들도 그렇게 말해. 그래서 빨리 사과부터 해. 그럼 용서해 주더라고."

지금은 그럴 상대도 없지만. 나래는 속으로만 덧붙였다. 역시 괜한 소리를 했다는 생각이 들었다. 원호가 얼빠진 얼굴을 하고 있었던 것이다. 나래는 후회했다. 나는 왜 이렇게 바보 같을까. 이런 소리를 왜 애한테 하고 있는 거지?

"음, 뭐. 하긴, 좀 늦긴 하더라. 그 말도 안 되는 심리 검사를 누가 그렇게 오래 붙잡고 있냐?"

갑자기 원호가 푸핫 소리를 내며 웃었다.

"재밌다! 나보고도 다들 속 터진다고 짜증 난다고 하던데. 생각도 없고 머리도 나쁘고, 그런 주제에 엉덩이만 가벼워서 앞뒤 없이 사고만 친다고. 생각 좀 하고 움직이라고 말이야."

얘는 무슨 소릴 하는 걸까? 원호는 정말 재미있다는 듯이 웃고 있었다. 나래는 혼란스러웠다.

"너랑 나랑 완전 반대인 줄 알았더니 그것도 아니네! 똑같은 점도 있잖아? 어, 좋은 건 아니지만."

가슴 한구석이, 간지러워졌다. 이번엔 나래가 넋 나간 얼굴로 눈만 깜빡일 수밖에 없었다.

"또…… 까?"

"그래, 보보. 똑같다고. 그치? 보보가 봐도 닮았어?"

원호는 그저 시원하게 웃을 뿐이었다.

언제나 시끌시끌한 교실은 항상 즐거운 이야기, 웃음, 악의 없는 타박과 과장된 환호성으로 가득 차 있었고 그것은 모두 '그 친구들'의 것이었다. 그들과 나래 사이에는 8차선 도로가 가로놓여 있었고, 그 도로 위로는 늘 넌 다르다, 좀 그렇다, 이해가 안

간다는 말이 시속 180킬로로 달렸다. 그 도로를 건너 보려다가, 몇 번을 다쳤던가.

그래. 난 너희랑 다르지.

그렇게 나래는 안전한 거리까지 뒤로 물러났다. 더 크게 다치지 않은 것에 감사하기로 하면서. 그런데 원호는 어느새 그 도로를 한걸음에 가로질러 넘어와 있었다. 분명히, 이 아이도 저쪽 편에 서 있는 아이였는데. 늘 누군가와 웃고 떠들고 장난치고 욕하고 쫓고 쫓기는 그 무리 안에 있었는데. 그들 중 하나가 지금, 나래와 자신에게 똑같은 점이 있었다며 기분 좋게 웃고 있다. 나래는 이 순간을 믿을 수가 없었다.

턱 밑을 긁어 보고, 뒷머리까지 긁은 원호가 별안간 몸을 일으켰다.

"아직 시간 있지? 이것 좀 봐 줘."

원호는 자기 방으로 가더니 수첩 하나를 들고 왔다. 괴발개발 갈겨쓴 페이지 한 장을 쭉 찢어 나래에게 내밀었다. 삐뚤삐뚤하긴 했지만 대강 시 같은 모양새를 하고 있는 글이었다. 도대체 뭔가 싶어 나래는 안경을 추슬러 올렸다. 해독에 시간이 걸릴 것 같은 악필이었다. 나래가 눈을 찌푸리며 메모에 얼굴을 가까이 들이댔다.

"아까 그 곡 가사야. 한번 들어 봐."

원호는 휴대폰을 들더니 다짜고짜 음악을 재생시켰다. 그리고 리듬에 따라 허벅지를 탁탁 치더니 노래를 시작했다.

"나에겐 소원이 하나 있지."

역시 음정 박자 하나도 안 맞는다. 나래가 민망할 지경이었다. 하지만 원호는 한 번 웃지도 않고 눈까지 감고서 노래를 부르고 있었다. 조금 숙연해지기까지 해서, 나래도 진지하게 귀 기울여 보기로 했다.

"친구야, 오늘은 내 말을 들어 볼래."

투박하고 거칠지만 어딘지 마음을 끌어당기는 노래였다. 해독 안 되던 글자의 정체를 밝혀 가는 것도 은근한 재미가 있었다.

"어때? 가사랑 어울리는 것 같아? 안 이상해?"

"괜찮은 것 같은데……."

"너 웬만한 건 다 괜찮다고 하는 거지? 다시 한 번 제대로 봐 줘."

원호가 두 눈을 부릅떴다. 나래는 어쩔 수 없이 다시 가사를 들여다보았다. 괜찮아 보였다. 아니, 좋았다. 적어도 나래한테는 무척 멋져 보였다. 세 번을 반복해서 읽어도 나래의 감상은 똑같았다. 그냥, 그냥 원호가 음치인 것이 문제일 뿐이었다.

"정말 괜찮아. 좋아."

"진짜지?"

나래가 쪽지를 돌려주려 하자 원호가 고개를 가로저었다.

"네가 가지고 있어."

"내가? 왜?"

원호는 긴장해서 마른침을 삼켰다.

"윤나래. 있잖아, 너……."

보보가 꺅 소리를 질렀다.

"지! 지!"

그러고는 TV 화면을 열정적으로 가리켰다.

─ 속보입니다.

화면 가득히, 미래 아파트 전경이 떠올라 있었다.

─ 저는 지금 현장에 나와 있습니다. 이곳은 서울 제3지구 성간이주민

　지정 거주지, 미래 아파트입니다.

저렇게 거창한 이름이었나. 나래와 원호의 얼굴이 단숨에 굳

었다. 리포터가 다급하고 긴장된 목소리로 말을 이었다.

— 시민의 제보에 따르면 이곳에 거주 중이던 총 49명의 KMSRX-3, '무
지개'라는 별명으로 더 잘 알려진 이주민 전원의 행방이 묘연해졌다
고 합니다. 지금 관련 부처에서 원인을 파악하기 위해 꾸린 조사 팀
이 속속 도착하고 있습니다.

하얀 승합차에서 방호복을 입은 사람들이 우르르 내리는 모습
이 보였다. 경광등을 번쩍이는 경찰차도 그 곁에 서 있었다. 분명
히 원호와 나래가 조금 전까지 있었던 곳인데 지금은 그렇게 낯
설게 보일 수가 없었다.

— 한편 이 사태를 개인 채널을 통해 방송하기 위해 많은 BJ들이 몰려
들면서 경찰과 마찰을 빚고 있습니다. 현재…….

원호가 지금까지 무시하고 있던 쩡가 TV의 알림 창을 눌렀다.
그의 실시간 방송 시청자 수는 지금까지 한 번도 본 적 없는 어
마어마한 단위였다. 쩡가는 누군가와 마주 앉아 이야기를 나누
고 있었다. 나래와 원호가 익히 잘 아는 사람이었다.

— 네. 분명히 봤어요. 경비 아저씨는 그때 이미 무지개들이 다 사라지고 없었다고 말씀하시는데요, 어린애가 하나 빈집에 남아 있었다구요. 요만했어요. 작아요.

"박태민, 이 자식⋯⋯."

— 경비실에라도 데려다주려고 했는데 갑자기 슬슬 투명해지더니 사라져 버리는 거예요. 무지개들은 그럴 수 있다면서요. 걔 혼자던데, 걱정돼 죽겠어요.

— 그렇죠. 아무래도 아기 혼자라니까 걱정이 될 수밖에 없겠습니다.

쩡가가 정면의 카메라를 똑바로 바라보았다.

— 혹시 저희 방송을 보고 계신 분 중에 그 아기를 보셨거나, 보호하고 계신 분들이 있으시면 연락 부탁드립니다. 지금 많은 분들이 좋은 제보를 많이 해 주고 계세요. 감사합니다. 특히 저희는⋯⋯.

잠시 뜸을 들이던 쩡가가 자세를 바로 했다. 회색 스웨터에 검은 블레이저를 걸쳐 입은 그에게선 평소의 장난스러움을 찾아볼 수 없었다. 지금 그는 마치 리포터나 시사 프로그램의 진행자처럼 보였다.

— 아이의 가족과도 연락이 닿고 있습니다. 부디 협조해 주셔서, 아이가 가족의 품에 빨리 돌아갈 수 있게 도와주시길 바랍니다.

우리한테 하는 말이야. 나래는 직감했다.

"들었어?"

원호는 어리둥절해졌다.

"찡가가 보보 가족이랑 연락이 된다는데?"

"잠깐만."

나래는 신중해져야 한다고 생각했다. 저 말이 사실이라면 그보다 좋은 일은 없을 것이었다. 수송선에 타지 못한 다른 무지개들이 보보를 찾고 있는 것일 수도 있다. 또는 떠났던 무지개들이 지구와 어떤 협의를 거쳐 되돌아오거나 거처만 옮기기로 결정을 번복한 것일 수도 있다. 만일 그렇다면 원호와 나래는 아무 걱정 없이 보보를 맡기면 된다.

그런데 저 말이 사실이 아니라면? 그저 자기 방송 욕심에 원호와 나래를 꾀어내려고 거짓말하고 있는 것이라면? 하지만, 아무리 그래도 사람이 아기의 가족 찾아 주는 일마저 돈벌이로 이용하려고 할까?

태민은 왜 또 거짓말을 하고 있을까? 태민은 원호와 나래를 분명히 봤는데도 빈집에서 자기가 보보를 찾은 것처럼 말하고 있었다. 저것은 태민의 의도일까 찡가의 의도일까? 무엇 때문에?

별안간 원호의 휴대폰이 울렸다. 잔뜩 긴장하고 있던 둘은 깜짝 놀라서 펄쩍 뛰었다. 모르는 전화번호였다.

"누구지? 받아야 하나?"

나래가 조심스럽게 고개를 끄덕였다. 원호는 갈라진 입술을 한 번 핥고는, 통화 버튼을 누르고 스피커 모드로 돌렸다.

"여보세요?"

"송원호 학생 전화 맞습니까?"

"그런데요. 누구신데요?"

"찡가라고 하면 아시려나요? 작은 개인 방송 채널을 운영 중인 BJ예요."

"알죠. 지금 보고 있었어요."

원호와 나래가 눈짓을 교환했다. 역시 찡가는 원호와 나래에 대해 태민에게 미리 들어 알고 있었던 모양이다.

"그럼 이미 알고 계시겠네요. 학생들 신원을 보호하기 위해서 방송에서는 말하지 않았지만, 학생들이 꼬마 무지개를 보호하고 있다고 알고 있어요."

원호는 대답하지 않았다. 나래도 고개를 빠르게 가로젓고는 입 모양으로 말했다. *말하지 마.*

상대가 답이 없자 쩡가는 짧게 한숨을 내쉬었다.

"학생, 지금 꼬마 무지개의 가족이 그 꼬마를 애타게 찾고 있어요. 은신처를 옮기며 아이를 두고 갔다구요. 정부에는 비밀이지만 저한테는 정보를 줬어요. 학생들이 도와주면 그때부턴 방송을 중단하고 아이를 그쪽에다 데려다줄 거예요. 지금 어디 있어요?"

"거짓말."

원호의 입에서 날선 목소리가 튀어나왔다. 어이가 없어서 웃음이 나오는 이야기였다. 방송 공부를 하겠다고 억지로 보긴 했지만, 원호 또한 쩡가 TV 구독자였다. 외계인들의 삶을 찌르고, 파헤치고, 웃음거리로 삼는 게 그의 방식이었다. 그런 그에게 무지개들이 먼저 접촉했다고? 방송을 중단하고 아이를 가족한테 데려다줄 거라고? 말도 안 되는 소리였다. 정신이 번쩍 들었다. 조금 전의 그 단정한 분위기에 깜빡 속을 뻔했다. 쩡가는 쩡가였다.

"끊을게요."

원호가 냅다 전화를 끊었다. 그의 눈썹이 불쾌함으로 꿈틀거렸다.

"누구를 바보로 알아?"

"하지만 만에 하나라도……. 아니야."

"이제 어떻게 하지?"

패기 넘치게 전화를 끊긴 했지만 원호는 원호였다. 머리 쓰는 일에는 자신이 없었다.

풀 죽은 얼굴로 자신을 쳐다보는 원호를 향해 나래는 고개를 가로저었다. 알 수가 없었다. 나래는 정말로 알 수가 없었다. 고민에 빠진 나래를 원호는 끈기 있게 기다렸다. 꽤 많은 끈기가 필요할 정도로 시간이 오래 걸리는 고민이었다. 그동안 보보는 자기 집을 보니 마냥 좋은지 TV 화면을 탁탁 두드렸다. 그 모습을 멍하니 바라보던 나래가 갑자기 감탄사를 터뜨렸다. 머릿속이 맑게 개는 느낌이었다. 나래는 결론을 내렸다.

"보보가 좋아하는 건 장치 속의 선생님이야."

푸른 옷을 입고 있던 그 사람. 그곳에 있지도 않았던 보보와 정확하게 눈을 맞추던 사람.

"그러니까 우리는 그 선생님 말대로 하자."

"9시, 미래 학교?"

"응. 만일 저 말이 사실이라면 그 가족이라는 사람들도 약속 시간과 장소를 알고 있을 테니 그쪽도 생각하겠지. 우리는 우리가 부탁받은 대로 하면 돼."

단호한 목소리였다. 원호는 윤나래가 그런 식으로 말하는 것을 처음 봤다. 곧, 자신 없는 투로 덧붙이긴 했지만.

"되겠지……?"

"되겠지, 뭐! 좋은 생각 같다!"

"그, 그래?"

"응!"

원호가 씩 웃으며 대답했다. 시계는 8시를 가리키고 있었다. 약속 시간에 여유 있게 맞추려면 슬슬 일어나야 했다.

"으랏차! 가자, 보보!"

원호는 공연히 기합을 넣으며 패딩에 팔을 꿰었다. 그런데 웬일로 더 조급해할 것 같았던 나래가 일어서질 않았다.

"저기, 원호야. 잠깐만…… 들어 볼래?"

"응?"

"미안한데, 아까부터 생각하던 건데…… 이건 우리끼리 해결할 수 있는 일이 아닌 것 같아."

갑자기 무슨 말일까? 그럼 이제 와서 어쩌자고? 원호가 멀뚱하니 쳐다보자 나래가 급히 덧붙였다.

"우리 힘만으론 한계가 있을 거야. 게다가 지금 저렇게 온갖 사람들이 다 몰리고 있는데, 우린 둘뿐이잖아. 게다가 아직 미성년자이고."

"어어, 미성년자인 게 무슨 상관인데?"

"우리도, 보호받아야 하는 나이라는 뜻이야."

원호의 입이 꾹 다물어졌다. 무슨 그런 교과서적인 소리를, 이라는 말이 머릿속에서 빙글 돌더니 금세 사라졌다. TV에서는 연신 심각한 얼굴의 어른들이 번갈아 나와 미래 아파트를 비추고 있었다. 흔들리는 카메라, 어지러운 목소리. 화면에 담긴 한밤중의 아파트는 마치 재난의 한가운데에 있는 것처럼 보였다.

저 모든 것을 원호와 나래 둘이서 감당해 낼 수 있을까? 다시 생각해 봐, 송원호.

생각해 볼 것도 없었다. 뒤늦게 덮친 긴장감에 원호의 등허리는 벌써 딱딱하게 굳어 있었다.

"네 말이 맞아. 그럼 이제 어떻게 해? 어른들한테 도와 달라고 해?"

"그래야겠지?"

"누구한테?"

"글쎄……."

나래는 어깨를 떨구었다. 그들을 지켜 줄 수 있을 만한 어른. 보보를 돌려보내는 데 동의해 주고, 그들의 비밀, 무지개의 비밀을 지켜 줄 수 있는 어른……. 떠오르는 사람이 없었다. 그런 사이에도 시간은 계속 흐르고 있었다. 둘은 마냥 초조해졌다. 심상 찮은 분위기에 보보도 더 이상 웃지 못하고 둘을 번갈아 올려다 보며 손을 꼼지락거렸다.

갑자기 원호의 휴대폰에서 메시지가 도착했다는 알림이 울렸다. 발신자를 확인한 원호가 쓴웃음을 지으며 나래한테 휴대폰을 들어 보였다.

"이분은 어때? 좀 이상하고 어른 같지 않은 어른이지만 일단 내가 아는 사람 중에 힘은 제일 센 듯?"

나래의 입에서 헛웃음이 샜다.

"정말?"

"응, 정말. 내가 보장함. 아기도 좋아함. 아들보다 백일짜리 조카를 더 사랑하지."

나래와 원호의 눈이 동시에 거실장의 액자를 향했다. 짧은 고민 끝에 나래는 고개를 끄덕였다. 곧장 원호가 비장하게 전화를 걸었다.

"웅, 엄마."

"야, 아들!"

엄청난 고함 소리가 수화기 밖으로 터져 나왔다.

"안 되겠다. 오늘 손님 너무 많아! 너 당장 튀어나와서 우리 좀 도와줘!"

"아니, 안 돼. 엄마가 나 좀 도와줘야 돼."

"아, 뭐! 환호성 녹음은 오늘 퇴근하고 해 줄게. 연습 많이 해 갈게! 지금은 빨리 좀……."

"지금 우리 집에 외계인 와 있다?"

말소리가 뚝 끊겼다. 원호는 전화를 영상통화로 돌리고는 카메라로 나래와 보보를 비췄다.

"아, 안녕하세요……."

나래가 엉거주춤 일어나 인사했다.

"아녀아……."

보보도 최선을 다해서 따라 했다. 화면 속의 원호 엄마는 입을 쩍 벌린 채 한동안 말이 없었다. 그러다, 머릿수건을 벗어 손에 쥐며 겨우 입을 열었다.

"아, 안녕? 원호가 친구들 데려오는 건 정말 오랜만이네?"

"빨리 와. 엄마."

"너, 너너너 거기 꼼짝 말고 있어."

전화가 끊어졌다.

*

찡가는 시청자들의 반응과 메시지를 수시로 확인했다. 이미
오늘의 수입은 그의 역대 최고 기록을 경신하고 있었다. 흡족한
일이었다. 하지만 꼬마 무지개와 그 중학생들에 대한 목격담이
아직도 들어오지 않는 점이 아주 불만이었다.

전화 통화가 되었을 때 좀 더 잘 꼬드겼어야 했는데. 차라리
아기한테 바이러스가 있을 것이라고 하거나 곧바로 돈부터 제시
할 것을 괜히 어설프게 좋은 사람 흉내를 내다가 망쳐 버렸다.
송원호는 더 이상 그의 전화를 받지 않았다.

유료 소식통을 통해 전 세계의 무지개들이 동시에 증발했다는
사실을 알게 된 지금, 그는 더욱 그 외계인을 포기할 수가 없었다.
그 꼬맹이는 어쩌면 지구에 유일하게 남은 무지개인지도 모른다.
게다가 '보석'까지 만들 줄 아는. 돈 냄새가 풀풀 나지 않는가.

머리를 잘 굴려야 했다. 그 중학생 녀석들은 자기들이 아기의

가족을 당연히 찾아 줄 수 있다고 믿고 있는 것 같았다.

"무슨 정보를 가지고 있나……?"

어디선가 메시지를 받았을지도 모른다. 진짜 메시지. 어쩌면 무지개들도 아기를 데려가기 위해 최후의 접선을 시도하지 않을까?

밑져야 본전이었다.

"야, 지도 가져와 봐."

수백에 달하는 무지개들이 지구에서 모조리 뜨려면 우주선 같은 것을 활용했을 것이다. 오늘 오후에 혼자서 웬 굉음을 들었다는 제보도 여럿 있었다. 유달리 귀가 민감한 사람들일 것이다. 찡가는 그것이 무지개들의 흔적이라고 확신했다. 그렇다면, 아기를 데리러 오는 것도 일종의 비행선 같은 것이 아닐까? 찡가는 비행선이 착륙할 만한 곳을 찾아보았다.

곧 눈에 들어오는 곳이 있었다.

그런 찡가의 곁에 박태민도 눈을 빛내며 서 있었다.

8. 막다른 곳

원호의 부모님이 운영하는 가게는 차로 오 분 정도 떨어진 곳
에 있었다. 원호는 엄마가 집에 도착하는 몇 분 동안 전화로 그
동안의 상황을 어떻게든 전달해 보려 노력했다. 노력은 했다. 나
래가 없었다면 그 노력조차도 힘들었을 것이다.

원호 엄마가 현관문을 박차고 들어왔다.

"장난이면 너 엄마 손에 죽⋯⋯!"

보보가 두 손을 반짝 들고 외쳤다.

"어마! 또!"

"그래, 보보. 우리 엄마야. 이번엔 엄마 맞아."

원호가 흐뭇해하며 보보의 머리를 쓰다듬었다.

"세상에……."

원호 엄마가 들고 온 봉투를 툭 떨어뜨리더니 보보를 안아 올렸다. 처음 보는 사람인데도 보보는 원호 엄마가 마음에 든 모양이었다. 입을 헤벌리고 순순히 안겼다. 형광등 아래에서 일곱 빛깔로 반짝이는 눈동자가 원호 엄마를 한눈에 가득 담았다.

"얘가 지금 뉴스에서 시끄러운 그 무지개구나. 아이고. 요만한 꼬맹이가 어쩌다가 엄마 아빠랑 떨어졌누. 그래, 네가 나래구나? 이 아기 챙기고 우리 바보 아들까지 챙긴다고 네가 고생이 많았겠다."

"아, 엄마!"

"시끄러워! 안 봐도 눈에 선해!"

나래가 뒤늦게 다시 인사하자 원호 엄마가 환하게 웃었다. 작은 키에 인상이 푸근한 그녀는 키 크고 호리호리한 체격의 원호와는 외모가 정반대였지만, 웃을 때의 눈매는 원호와 판박이였다. 보보를 품에 꼭 안은 원호 엄마를 바라보며 나래는 자신들의 선택이 틀리지 않았음을 확신했다.

저 아주머니는 분명히 보보를 도와줄 것이다.

원호가 그랬던 것처럼.

원호 엄마는 좀 더 자세한 이야기를 듣고 싶어 했고 이번에는 나래가 지금까지 있었던 일을 정리했다. 원호 엄마의 얼굴이 점점 심각해졌다.

"그래서 지금까지 너희 둘이서 애를 지키고 있었던 거구나. 엄마한텐 연락드렸니? 여기 있는 거 아시지?"

나래가 멈칫했다. 하지만 대답은 금방 술술 흘러나왔다.

"네. 알겠다고, 조심해서 데려다주고 오라셨어요."

"그래."

원호는 고개를 갸웃했다. 그가 기억하기로 나래는 지금까지 엄마와 연락한 일이 없었던 것이다. 대화는 그런 그를 두고 순식간에 흘러가 버렸다.

"9시 미래 학교랬지? 당장 출발해야겠구나. 음, 어디 보자…….
내 이럴 줄 알았지."

보보의 엉덩이를 두드려 본 원호 엄마가 들고 온 봉투를 열더니 낱개 포장된 일회용 기저귀를 꺼냈다.

"둘 다 뒤로 돌아. 아기도 사생활이 있어."

왠지 신나 보이는 원호 엄마였다. 나란히 뒤돌아서서, 나래가 원호에게 속삭였다.

"믿어 주셔서 정말 다행이다."

"그러게. 이렇게 쉽게 믿어 줄 줄이야."

원호가 뒷머리를 긁으며 대답했다. 무신경한 목소리는 원호 엄마의 귀에도 충분히 들릴 크기였다. 원호 엄마가 분주히 손을 움직이며 말했다.

"우리 아들은 장난은 쳐도 거짓말은 못 하거든. 바보라서."

"뭐라고?"

"됐다! 출발하자. 보보라고 했지? 자, 언니 오빠 데리고 나가 자."

"언니 오빠?"

나래가 멍하니 중얼거렸다.

"여자애잖아. 몰랐어?"

원호의 아기띠를 보고 배를 잡고 웃은 엄마는 아들의 품에 보보를 넣어 주고, 어두우니 계단 조심하라는 말을 남기고는 먼저 나갔다. 원호 엄마가 차를 빼는 사이에 원호와 나래는 각자의 짐을 챙기고 문단속을 했다. 계단을 내려오니 대문 앞에 경차 한 대가 기다리고 있었다.

"카시트는 또 어디서 난 거야?"

"네 전화 받자마자 이모한테 몇 시간 빌렸다. 타렴, 얘들아!"

원호가 조수석에, 나래가 뒷좌석에 탔다. 보보의 자리는 뒷좌석의 카시트였다. 차에 몸을 구겨 넣으며 나래는 문득 뒤를 돌아보았다. 주홍색 가로등 빛을 받은 원호의 집이 눈에 들어왔다. 빌라 사이에 끼어 움츠러든 듯 보였던 좁은 그 집이, 지금은 세상 어느 곳보다 아늑하고 따뜻해 보였다.

나래의 손이 깊은 주머니 속에서 휴대폰을 슬쩍 끌어 올렸다. 언뜻 살핀 화면 속에 메시지 43개, 부재중 전화가 31건 찍혀 있었다. 아까 베란다 밑에 숨었을 때 무음 처리가 되었던 모양이었다. 나래의 손이 가늘게 떨렸다.

안 돼. 지금은 안 돼.

나래는 휴대폰에서 손을 뗐다. 나래를 부르는 목소리는 다시 주머니 속에 꼭꼭 파묻혔다.

"여보, 나야."

원호 엄마는 원호 아빠에게 전화를 걸었다. 사정을 설명한 그녀는 단호하게 덧붙였다.

"장사 접고 당장 뛰어와."

별다른 논쟁이 필요 없었다. 통화를 끝낸 원호 엄마가 말했다.

"일단 출입구 쪽으로 가 보자."

미래 학교는 3단지 안쪽에 위치해 있었다. 아무래도 3단지 정문을 통하는 것이 제일 빠르다.

아파트 출입구 쪽으로 다가갈수록 분위기가 수선스러워졌다.

3단지 출입구 앞에 경찰차가 서 있었다. 출입하는 차량을 통제하는 모양인지 출입구 쪽을 지나치는 차량들은 길게 꼬리를 물고 서 있었다. 순식간에 오도 가도 못 하고 차 사이에 끼어 버리고 말았다. 원호 엄마가 창문으로 몸을 내밀고 외쳤다.

"무슨 일이에요?"

제복을 입은 경찰이 멀찍이서 대답했다.

"돌아가세요! 외부인 출입 금지입니다!"

"저흰 방송 관련자들 아닌데요! 여기 사는 친구랑 약속이 있다구요. 간만에 겨우 시간 맞춘 건데!"

"오늘은 안 됩니다!"

경찰은 목이 다 쉬어 있었다. 원호 엄마는 혀를 찼다. 뒤에서 빵빵 시끄럽게 경적이 울리더니 창문에 창살이 달린 버스가 천천히 다가오는 게 보였다. 인원이 더 충원되려는 모양이었다.

"어, 어떡하지, 엄마?"

"어쩔 수 없지. 길이 여기만 있는 것도 아니고. 지금 몇 시니?"

나래가 초조한 목소리로 답했다.

"8시 24분요."

"괜찮아. 이 아줌마를 믿어."

원호 엄마가 핸들을 잔뜩 꺾어 차를 유턴시켰다. 차는 아파트

170

담길을 따라 달리기 시작했다. 나래는 인상을 찌푸렸다. 낮에 그랬던 것처럼 담을 넘으면 되지 않나 싶었는데, 담을 따라 경찰들이 드문드문 줄지어 서 있었던 것이다. 들키지 않고 담을 넘기가 쉽지 않아 보였다.

시간이 얼마 남지 않았다. 자꾸만 불안한 생각이 들었다. 어쩔 줄 모르고 운전석과 조수석만 번갈아 쳐다보던 나래는 차가 아파트 단지를 벗어나 한적한 외곽 길로 접어들기 시작하자 금세 낯이 밝아졌다. 원호 엄마가 어디로 향하고 있는지 눈치챈 것이다.

차가 아스팔트 도로를 벗어나더니 흙길로 들어섰다. 전조등이 비추는 흙바닥은 울퉁불퉁했고 차체가 수시로 통통 튀어올랐다. 그들이 도착한 곳은 아파트 3단지 뒤쪽의 야산이었다. 산이라기보다는, 언덕에 가까운 높이였지만.

"뒷동산⋯⋯."

나래가 중얼거렸다. 미래 아파트 주민들은 그곳을 그렇게 불렀다.

"아는구나? 나도 이 동네 토박이라 웬만한 샛길은 다 알거든. 자, 내리자. 아직 여기까지 막진 않았을 거야."

마른 풀숲 사이의 작은 공터에 차가 멈춰 섰다. 가방은 차에 두고 가기로 했다. 원호 엄마의 말은 사실이었다. 야산엔 벽돌담

대신 얼기설기 짠 철조망이 쳐져 있었는데 등산객, 산책하는 사람들의 통행을 위해 여기저기가 뚫려 있었다. 지키고 있는 사람은 아무도 없었다. 무엇보다도, 산책길이라 여기저기 간이 조명이 설치되어 있어 다행이었다. 손전등을 켠 원호 엄마가 앞장서고 보보를 멘 원호가 그 뒤를 따랐다. 나래도 그 뒤를 조심조심 따랐다.

"아앗!"

낙엽을 밟고 미끄러진 나래가 순식간에 내리막길을 굴렀다.

"어어!"

보보를 안고 있던 원호가 나래를 놓쳤다. 엄마가 급히 죽 미끄러져 내려가는 나래를 붙잡았다.

"나래야! 세상에, 나래야! 괜찮니?"

"죄, 죄송해요. 죄송해요……."

"뭐가 죄송해! 안 다쳤어? 어디 보자."

찢어진 스타킹 아래로 피가 맺힌 무릎이 보였다. 나무에 긁혔는지 뺨에도 길게 생채기가 나 있었다.

"피가 나잖아. 당장 씻고 약이라도 발라야 하는데. 잠깐, 좀 자세히 보자."

"안 아파요. 괜찮아요. 그냥 가요."

"어허, 괜찮긴! 어디 보자. 아유, 이걸 어쩐담……."

원호 엄마가 정색했다. 나래는 묘한 느낌이 들었다. 누군가가 이런 걱정을 해 주는 게 나래에게는 낯선 일이었다. 너무 오랜만에 받아 보는 관심이었다.

"거기 누구요!"

누군가가 고함을 질렀다. 손전등 빛이 넷이 뭉쳐 있는 바로 곁을 휙 훑고 지나갔다. 들킨 모양이었다. 원호가 낮은 목소리로 말했다.

"뛰자."

여기서 잡힐 수는 없었다. 시간이 모자랐다. 나래가 몸을 일으켰다. 무릎이 욱신거렸지만 견딜 만했다. 나래는 원호와 그 품에 안긴 보보, 원호 엄마를 차례로 바라보고는 고개를 끄덕였다.

"뛸 수 있어요. 가요."

원호 엄마가 한숨을 내쉬었다.

"아니야. 다 들켜 버릴 거야. 그것보다 이렇게 하자. 내가 시간을 끌 테니 너희 먼저 출발해. 곧 뒤따라갈게. 아빠도 금방 갈 거야."

원호 엄마는 그렇게 말하고는 원호의 머리를 마구 헝클어뜨렸다.

"잘 해, 아들! 정신 바짝 차리고 보보 챙겨! 나래 말 잘 듣고!"

"아, 하지 마! 머리 망가져."

"그 머리 다듬긴 한 거였어? 여기서 미래 학교까지는 멀지 않으니까 먼저 갈 수 있겠지?"

원호가 고개를 끄덕였다.

"응. 여기부턴 금방이니까."

"그래. 미안하다, 얘들아. 아줌마가 말만 거창하게 해 놓고 별로 도와주지도 못하네. 정말 곧바로 따라갈 테니까 위험한 일은 하지 말고, 알았지? 믿는다."

원호 엄마가 보보의 머리를 쓰다듬었다.

"보보, 잘 가. 건강해야 한다."

몇 마디 당부를 더 남기고서 원호 엄마는 내리막길을 달려 내려갔다. 그리고 손전등을 휘두르며 크게 소리 질렀다.

"여기요! 저 좀 도와주세요! 길을 잃어버렸어요!"

"아니, 아주머니. 여기서 뭐 하시는 거예요?"

그 사이에 나래와 원호는 몸을 낮추고 빠르게 걸음을 옮겼다. 다행히 길을 분간할 수 있을 정도로는 빛이 있었다. 원호 엄마가 요란하게 눈길을 끌어 준 덕에 다른 사람 눈에 띄지 않고 평지까지 내려올 수 있었다.

3단지에도 어김없이 주민들을 위한 자전거가 준비되어 있었다. 그리고 자전거 보관소 바로 옆에는 단지 평면도도 그려져 있었다. 두 사람은 얼른 자전거에 몸을 싣고 달리기 시작했다.

나래는 겨우 안도의 한숨을 몰아쉬었다. 미래 학교는 바로 근방이었다. 오 분 정도 여유 있게 도착할 수 있을 것 같았다.

"우리 제대로 가고 있는 것 맞지?"

무작정 직진만 하던 원호가 소리 높여 물었다.

"응! 이 다음 사거리에서는 오른쪽!"

"그래!"

"우애!"

보보도 팔을 휘둘렀다.

놀이터나 다를 바 없는 작은 공원을 끼고 모퉁이를 도니 오르막길이 시작되었다. 원호는 가슴 깊이 숨을 들이마셨다. 싸늘한 밤바람이 폐 속을 날카롭게 찔러 들어왔다. 머릿속이 점점 맑아지면서 가슴이 쿵쿵 뛰었다. 이제 조금만 더 가면 된다. 이제 조금만 더 기다리면 된다. 드디어 그토록 기다리던 순간이었다.

스포트라이트 같은 가로등이 둘의 머리 위로 빛을 쏟아부으며 스쳐 지나갔다. 더운 입김이 새하얗게 부서지며 뒤로 날아갔다. 호호, 똑같이 숨을 불어 보던 보보가 한 손으로 하늘을 가리키며 기쁜 듯 외쳤다.

"별!"

"맞아. 별이야, 보보."

겨우 별 하나에 어쩌면 이렇게 좋아할 수 있을까, 이 꼬맹이는.

페달을 빨리 밟을수록 얼굴과 손이 매서운 맞바람에 아려 왔
다. 원호는 한 손을 들어 보보의 옷에 달린 모자를 끌어올렸다.
빨갛게 언 작은 귀를 폭신한 후드 속으로 숨겨 주며, 원호는 말
했다.

"집에 가서도, 오빠 잊지 마라. 보보."

저 멀리 미래 학교 교문이 나타났다. 나라에서 큰돈을 들여 짓
고 열심히 홍보한 학교였다. 원호와 나래의 미성중과는 비교도
안 되게 화려한 교문이었다. 가파른 오르막 끝에 위치한 그것은
교문이라기보다는 일종의 개선문처럼 보였다. 지역사회에 언제
든 개방한다더니 오늘도 교문은 활짝 열린 채였다. 저 너머가 약
속 장소인 운동장일 것이다.

한없이 무거워지던 페달을 다시 힘주어 밟았다. 거짓말처럼
기운이 솟구쳤다. 오르막 끝에 다다라, 겨우 평지가 시작되었다.
숨이 턱에 닿았다. 마라톤 선수가 된 기분으로, 결승점 테이프를
끊는 심정으로 원호는 달렸다. 교문을 통과하는 그 순간,

원호의 자전거가 허공으로 튕겨 날아 올라갔다.

"원호야!"

나래가 비명을 질렀다.

원호의 세상이 거꾸로 한 바퀴를 돌았다. 무슨 일이 일어난 것인지 생각할 틈도 없었다. 원호는 본능적으로 보보를 감싸 안았다. 아빠한테 괴롭힘 당하며 몸에 익혔던 낙법 비슷한 것도 번뜩 떠올랐다.

등부터 땅에 떨어진 원호는 그러고도 몇 바퀴를 굴렀다. 온몸의 장기가 다 폭발하는 느낌이었다.

"원호야! 보보!"

폐가 터지기라도 한 것처럼 숨을 쉴 수가 없었다. 머릿속이 새하얗게 번쩍였다. 그래도 원호는 억지로 눈을 뜨고 보보를 살폈다. 아기는 놀라서 딸꾹질을 하고 있었지만 무사했다. 삐걱대는 손으로 보보의 팔다리도 더듬어 보았다. 괜찮은 것 같았다.

무지갯빛 눈에 눈물이 핑 돌기 시작했다.

"흐잉……."

"아아, 다행, 이다. 진짜 다행이다……!"

기침이 나서 말도 제대로 이을 수가 없었다. 나래가 자전거를 팽개치고 달려왔다. 무릎 아래 높이로 긴 줄이 교문 양쪽을 가로질러 걸려 있었다. 누군가가 의도적으로 걸어 놓은 것이 분명했다. 그나마 오르막길 뒤라 속력이 많이 붙질 않았기에 망정이지 자전거가 평지에서의 속도로 달리기만 했어도 원호는 크게 다쳤을 것이었다. 나래는 오싹 소름이 끼쳤다.

"괜찮아? 어디가 아파? 괜찮아?"

나래가 원호의 팔다리를 정신없이 만져 보며 물었다. 원호는 비명 비슷한 신음소리를 뱉으며 간신히 상체를 일으켰다.

"아으으, 죽겠다. 그래도 살아 있어. 괜찮아."

"이 새끼는 곧 죽어도 허세네."

교문 옆의 어둠 속에서 누군가가 말했다. 나래도 원호도 아주 잘 알고 있는 목소리였다.

"박태민, 너 이 자식! 무슨 짓이야?"

"어, 미안. 다쳤냐? 나도 그렇게 거창하게 날아갈 줄은 생각도 못 했는데. 좀 보고 멈춰 서지 그랬냐? 하긴 원래 눈에 뵈는 게 없는 놈이었지?"

주머니에 두 손을 푹 찔러 넣은 태민이 건들거리며 나타났다.

"역시 그 꼬마 너희가 계속 데리고 있었구나? 이리 내놔. 좋은 말로 할 때."

"쟤 뭐라는 거냐, 나래야?"

원호는 하, 헛웃음을 터뜨렸다. 나래가 입을 꾹 다물고 태민의 앞을 막아섰다. 태민이 고개를 갸웃하더니 피식 웃었다.

"끼지 마라, 윤나래. 하던 대로 가서 구석탱이에서 문제집이나 껴안고 있어. 나대지 말고."

태민이 위협적으로 주먹을 들어 보였다. 나래는 얼굴이 새하얗게 질렸지만 꿈쩍하지 않았다. 태민이 성큼성큼 다가와 나래의 코앞에 섰다. 나래의 다리가 떨렸다.

"비켜."

"싫어."

평소 같으면 상상도 못 할 일이었다. 하지만 나래는 버텼다. 오늘의 자신은 평소의 자신이 아닌 것만 같았다. 그러니 쥐어짤 용기가 조금은 더 있을 것이었다.

"우린 얘를 가족한테 돌려보낼 거야."

"누가 뭐래? 너희가 뭘 하든 난 관심 없어. 난 내 볼일만 보면 돼."

태민이 나래를 거세게 밀쳤다. 반에서 몸집이 제일 큰 태민이었다. 작은 나래의 몸이 종이 인형처럼 옆으로 날려 갔다. 태민은 그때까지도 바닥에 주저앉아 있던 원호에게 다가가더니 보보의 모자를 거칠게 잡아당겼다.

"이리 와, 외계인."

원호의 눈에서 불이 튀었다. 냅다 내지른 발길질에 태민이 허벅지를 감싸 안고 한 걸음 물러섰다.

"송원호, 너……!"

"애한테 무슨 짓이야."

원호가 비틀거리며 일어났다. 입고 있던 패딩 점퍼를 벗어 던지고, 성급한 손길로 아기띠도 풀어냈다. 그리고 보보와 아기띠를 나래에게 맡겼다. 나래가 얼른 보보를 받아 안았다. 태민의 얼굴이 일그러졌다.

"이 찐따 새끼가 돌았나?"

"그래, 돌았다. 이 양아치 새끼야."

태민의 주먹이 원호의 뺨을 후려갈겼다. 눈앞이 번쩍하더니 세상이 빙빙 돌았다. 휘청거리는 발로 겨우 중심을 잡고, 원호는 이를 악물고 태민을 향해 달려들었다. 허리를 껴안고 온 체중을 싣자 태민의 몸도 우당탕 넘어갔다. 둘은 얼싸안고 바닥을 구르기 시작했다.

싸움이라고는 한 번도 해 본 적 없는데, 무섭지가 않았다. 오히려 예상치 못한 원호의 반응에 태민이 당황하고 있었다. 원호의 얼굴에 몇 번 더 주먹질을 해 댔는데도 원호는 겁먹은 기색이 없었다. 입가가 찢어져 피가 흐르는데도 그랬다. 아차 하는 사이에 반 바퀴를 더 굴러 버렸고, 원호가 태민의 몸 위에 올라탔다. 원호는 말아 쥔 주먹을 뒤로 잔뜩 당겼다. 태민이 본능적으로 눈을 감았다. 그걸 보고, 원호는 그대로 멈칫했다. 그는 태민을 때리지 못했다.

가까이서 자동차 여러 대가 이쪽으로 달려오는 소리가 들렸다. 태민이 버럭 소리를 질렀다.

"여기야! 여기 무지개가 있어! 이쪽이야!"

원호와 나래가 교문을 올라오는 것을 본 순간 태민은 찡가 쪽에 연락을 해 두었던 것이다. 무지개들의 비행선 착륙지로 찡가가 짚은 곳은 단지 내의 주민 종합 운동장이었다. 넓고, 한적하고, 아파트와도 꽤 떨어져 있어 사람들의 눈에 띄지 않는 곳이었으니까. 하지만 그 외에도 착륙이 가능한 장소는 몇 곳 더 있었고 그런 곳마다 인원을 분산시켜 둘 필요는 있었다. 미래 학교 운동장은 학생이라는 이유로 태민에게 맡겨졌다. 결국 원호와 나래가 그곳에 나타났을 때 태민은 로또라도 맞은 기분이었다. 금방, 그 기분도 엉망진창이 되어 버렸지만. 그래도 원호의 당황한 표정을 보니 이겼다는 생각이 들었다. 태민은 큭큭 소리를 내며 웃었다.

"같잖은 노래나 만들러 가, 송원호. 가서 너 비웃으려고 구독 눌러 놓은 놈들한테 댓글 구걸하며 살아. 착한 척 그만하고!"

어깨를 들먹이며 거칠게 숨을 몰아쉬던 원호가 훌쩍 몸을 일으켰다. 찡가 팀의 차는 차량 위에 라이트까지 단 채 달려오고 있었다.

"원호야!"

나래가 학교 벽에 걸린 시계를 가리켰다.

정각, 9시.

원호가 양손으로 귀를 막고 주저앉았다. 낮에 그를 괴롭혔던 굉음이 다시 귓속에서 울려 퍼지고 있었다. 나래는 정신없이 하늘을 살폈다.

아무것도 없었다. 아니, 아무것도 보이지 않았다.

교문에서 탑차 세 대가 쏟아져 들어와 운동장에 멈춰 섰다. 차문이 열리더니 사람 여럿이 카메라를 들고 뛰어내렸다. 드론도 두 대나 하늘로 떠올랐다. 세상 모두의 눈이 이곳으로 향하는 순간이었다.

"안 돼……."

나래가 중얼거렸다. 이렇게 사람들이 많아서는, 이렇게 실시간으로 전 지구에 중계되는 상황에서는 무지개들이 모습을 드러낼 수 없다.

품 안에서 보보가 뭐라고 옹알거렸다. 아기는 천진하게 저 번쩍거리는 조명들을 신기해하고 있었다. 그것들이 자신에게 무슨 짓을 저지르고 있는 줄도 모른 채.

"여, 여기예요!"

그래도, 불러야 한다. 나래는 두 팔을 휘두르며 하늘을 향해 외쳤다.

"여기야! 보보는 여기에 있어요!"

"맞아요! 여기요!"

원호도 있는 힘을 다해 외쳤다. 태민이 어이가 없어 싸우던 것도 잊은 채 그 둘을 바라보았다. 그의 눈에는 저 둘이 미친 것처럼 보였다. 하늘엔 아무것도 없었으니까.

"여러분, 보고 계십니까? 지금 이곳에, 무지개들이 마지막으로 나타나려 하고 있습니다!"

쩡가가 거의 환희에 찬 표정으로 마이크를 들고 있었다. 누군가가 엄청난 빛을 쏘아 올리는 조명으로 하늘을 이리저리 비추어 댔다. 얼마나 그러고 있었을까. 정말로 영원같이 느껴지는 짧은 순간이었다.

원호가 새하얗게 질려서는 두 귀를 손바닥으로 두드렸다. 그러고는 고개를 불안하게 흔들기 시작했다.

"아니야, 아니야. 그럴 리가 없어."

가늘게 떨리던 원호의 손이 천천히 아래로 내려갔다.

"안 들려……."

나래가 눈을 크게 뜨고 그런 원호를 돌아보았다.

"뭐?"

"안 들려. 수송선 소리. 갔나 봐."

원호는 이제 목소리까지 떨리고 있었다. 나래의 눈에 눈물이
핑 돌았다.

"잘 들어 봐. 시끄러워서 그럴 수도 있잖아!"

"아니야. 진짜야."

원호가 손등으로 눈가를 거칠게 닦았다.

"진짜로 갔어!"

9시 2분. 시계 분침이 철컥 소리를 내는 것만 같았다.

*

찡가가 입 안쪽의 살을 꾹 깨물었다. 댓글 창이 폭발하고 있었
다. 너도나도 어서 무지개의 비행선을 보고 싶어서, 둥둥 뜬 둥그

런 원반과 거기서 내려오는 외계인을 보고 싶어서 아우성을 치고 있었다.

그런데 이게 뭐란 말인가. 하늘은 여전히 텅 빈 채였다. 계속 이렇게 시간만 끌다가는 이 쇼를 망쳐 버릴 판이었다. 쩡가는 탑차로 달려갔다.

"틀어, 그거! 빨리!"

탑차 지붕에 올린 스피커에서 무지개들이 반응했다는 음역대의 소리가 최대 볼륨으로 뿜어져 나왔다. 사람 귀에 안 들릴 소리인데도 얼마나 강하게 틀어 댔던지 머릿속이 울렁이는 느낌이 들 정도였다.

이래도 반응이 없을 수 있을까! 쩡가는 초조하게 기다렸다. 그런 그의 귓가에 프로펠러가 바람을 쳐 내는 폭음이 울려 퍼졌다. 헬리콥터 한 대가 그들 머리 위를 맴돌고 있었다. 방송국 소속인지, 정부 소속인지 알 수 없었지만 헬기는 헬기 자체로도 문제였다.

하늘이, 정말로 비어 있다는 뜻이니까.

저쪽에서 아기 울음소리가 들렸다. 정신이 번쩍 들었다. 그래, 아직 무지개가 하나 남아 있었다. UFO와 가족 상봉 이벤트는 실패지만, 그에게는 돈 되는 콘텐츠 하나가 더 남아 있지 않은가.

그의 눈에 빛나는 구슬이 어른거렸다.

그는 카메라들을 이끌고 운동장 가운데에 선 아이들을 향해 다가가기 시작했다.

*

찡가가 다가오고 있었다. 보보는 고개를 마구 저으며 울고 있었다. 또 그 소리가 들리는 모양이었다. 나래는 머릿속이 새하얗게 된 기분이었다.

어떻게 하지? 이젠 무엇을 어떻게 해야 하지?

어이없게도 그 순간 나래는 엄마를 떠올렸다. 이유는 알 수 없었다. 그저 아빠가 떠나고 이사한 새집에, 가구도 하나 없는 텅 빈 그 새집에 엄마와 둘이 서 있던 기억이 떠올랐다. 나래의 손을 잡고 있는 엄마의 손에는 힘이 하나도 없었다.

손에, 힘이 들어가지 않았다.

"가자."

나래가 말했다.

"어디로?"

원호가 힘없이 되물었다. 나래는 주먹을 꾹 말아 쥐었다.

"저 사람한테 보보를 줄 수는 없어."

일단, 그것 하나만은 분명했다. 그것만은 알 수 있었다. 원호의 눈에도 빛이 돌아왔다.

"그래. 맞아."

둘은 뒷걸음질을 치기 시작했다.

"잠깐만! 학생들!"

그 소리가 오히려 신호 같았다. 교문에는 쩡가의 일행이 몰려서 있었다. 도망칠 곳이 마땅치 않았다. 둘은 학교 본관을 향해 달리기 시작했다. 그것이 오히려 스스로를 독 안에 가두는 짓이라는 것을 알면서도 그들은 그렇게 할 수밖에 없었다. 적어도 보보를, 쩡가에게만은 보여 주고 싶지 않았으니까.

어쩐 일인지 나래의 발이 더 빨랐다. 먼저 현관에 닿은 나래가 뒤를 돌아보고 외쳤다.

"원호야! 빨리!"

원호가 이를 악물고 달려왔다. 그는 다리를 조금씩 절고 있었다. 자전거에서 튕겨 나갈 때였는지 태민과 싸울 때였는지 발목을 다친 모양이었다. 나래는 가슴이 철렁 내려앉았다. 원호의 뒤에서 쩡가가 카메라를 대동하고 달려오고 있었다. 나래는 급히 주변을 두리번거렸다. 본관 현관은 잠겨 있지 않았다. 하지만 명

색이 미래 학교인데 아무런 보안 장치가 없을 리가 없었다.

'생각해, 윤나래. 생각해!'

나래의 시선이 어지럽게 현관 안 풍경을 훑었다. 방송용 차량에서 비추는 강력한 라이트가 본관을 똑바로 비추고 있었다. 창문을 통해 들어온 빛이 한밤중의 시멘트 건물 속 어둠과 선명한 대비를 이룬 기묘한 풍경, 번개가 내리친 한순간이 영원히 박제된 듯한 그 한가운데를 나래는 빠르게 가로질렀다. 현관 안쪽은 여러 사진들과 기념패들로 장식되어 있었다. 교표와 교화, 교목, 교가가 적힌 커다란 액자도 있었다. 무엇보다 눈에 띄는 것은 교문 앞에서 손을 맞잡고 있는 시장과 교장의 사진이었다. 이곳은 지구인과 외계인의 협력의 역사와 화합의 소망을 전시한 작은 전시관과 마찬가지였다. 그 전시관 너머, 교무실로 이어지는 복도는 이동식 벨트형 차단봉으로 가로막혀 있었다. A4에 인쇄해 코팅한 메모도 달려 있었다.

— 여기서부터는 외부인의 출입을 금합니다.

허술했다.

허술하니까, 분명히 있을 것 같다. 아니, 있었으면 좋겠다. 없으면 어쩌지? 내가 다 망치고 있는 것이면? 생각에 빠진 나래 곁으로 원호가 숨을 몰아쉬며 도착했다. 발목이 많이 아픈지 막 주저앉으려 했다.

나래는 마른침을 삼키고 입을 열었다. 꽉 멘 목이 찢어질 듯 아팠다. 낱낱이 갈라진 쉰 목소리가 나왔다.

"원호야."

"응."

"고, '고슴도치'는 아니겠지?"

"응?"

나래가 눈을 질끈 감고 차단봉을 밀어 넘어뜨렸다. 철컥, 허공에 텅 빈 쇳소리가 울려 퍼졌다. 나래는 그 소리가 그렇게 반가울 수가 없었다. 다시 한 번 세상이 새하얗게 물들었다. 빛살은 나래와 보보, 원호, 그리고 그들을 뒤따르던 찡가와 그 일행까지 모조리 집어삼켰다.

9. 9시 7분

알람이 울렸다.

나래는 듣지 못했다. 따뜻하고 포근한 이불 속 냄새가 나래는 좋았다. 이불 귀퉁이에 코끝을 부비며 나래는 꿈속을 헤맸다.

"나래야."

다정한 손길이 나래의 머리를 쓰다듬었다.

"나래야. 일어나. 어린이집 가야지."

"좀 더 자게 둬. 어제도 나 기다리느라 늦게 잤잖아."

한밤중에 퇴근한 아빠는 나래의 부탁대로 그 늦은 시간에 놀이터에 함께 나가 신나게 그네를 밀어 주었더랬다.

"그러네. 으이그, 좀 일찍 들어오지."

엄마와 아빠가 가볍게 웃었다. 나래는 듣지 못했다.

알람이 울렸다.

나래는 눈을 반짝 떴다. 알람 소리 때문은 아니었다. 거실에서 큰소리가 나고 있었다.

"어떻게 나한테 이럴 수가 있어!"

엄마 목소리였다.

"당신을 믿은 내가 잘못이지!"

나래는 이불 속으로 다시 파고들어 가서 귀를 막았다.

"그래! 당신 잘못이야! 여자가 그렇게 눈치가 없고 둔해 빠져서 되겠어? 당신 잘못 맞지!"

아빠가 고함을 질렀다. 나래는 눈까지 꾹 감았다. 벌써 몇 번째인지 모르겠다. 지난번에는 이쪽 할머니한테 전화를 걸었고, 그다음에는 저쪽 할머니한테 걸었다. 오늘은 누구한테 걸어야 할까.

오늘은 뭐가 잘못된 걸까? 어제 실내화를 잃어버린 것 때문일까? 밤늦게서야 말해서 엄마가 곤란해했는데 그것 때문에 엄마 아빠 기분이 나빠진 것일까?

화장실에 가고 싶었다. 하지만 거실로 걸어 나갈 자신이 없었다. 나래는 눈물을 뚝뚝 떨구며 휴대폰을 만지작거렸다. 눈앞이 뿌옇게 흐려져서 화면이 잘 보이지 않았다.

알람이 울렸다.

나래는 그 전부터 깨어 있었다. 침대에 멍하니 누워서 시간을 보내던 나래는 시계를 보고 몸을 일으켰다. 이번 주는 나래가 주번이었다. 학교에 일찍 가야 했다. 쭈뼛쭈뼛 거실로 나가니 식탁에 멍하니 앉아 있는 엄마가 보였다.

"안녕히 주무셨어요?"

엄마가 힘없이 나래를 돌아보더니 얼굴에 희미한 미소를 떠올렸다.

"응. 잘 잤니?"

나래는 바로 대답하지 못했다. 간밤에 한숨도 자지 못했다. 하지만 그렇게 말하면 안 될 것 같았다. 그렇지만 엄마는 거짓말하는 걸 세상에서 제일 싫어했다. 아빠는 엄마한테 너무 많은 거짓말을 했던 것이다. 나래의 머릿속이 엉망진창으로 엉켰다. 나래가 불안하게 시선을 돌리며 우물쭈물하자 엄마의 얼굴이 굳어졌다. 나래는 겨우 말을 골랐다.

"그런 것 같아요……."

"그래."

엄마가 한숨을 내쉬었다.

"그럼 지금부터 짝의 얼굴을 그려 볼게요."

선생님이 활기차게 말했다. 나래와 소라는 손에 크레파스를 들고서 서로의 얼굴을 마주 보았다. 소라가 방긋 웃었다.

"예쁘게 그려 주는 거다?"

"으, 응."

소라는 쉽게도 슥슥 선을 그려 나갔다. 삐뚤하게 그려진 동그란 선 위에 더 커다란 동그라미 두 개가 그려졌다. 안경이었다. 소라가 안경 안에 뱅글뱅글 소용돌이를 그려 넣고는 안경 아래 뺨에 작은 점을 다다다 찍었다. 주근깨인 모양이었다. 한참 고민하던 나래도 조심스럽게 크레파스를 움직여 나갔다.

발표 시간이었다. 선생님은 아이들의 그림을 넓은 칠판에 하나하나 정성 들여 붙였다. 나래는 당황했다. 다른 친구들이 그린 그림들은 나래가 그린 것과는 전혀 달랐던 것이다. 모두 똑같은 얼굴들을 하고 있었다. 갸름한 얼굴 위에는 반짝반짝 빛나는 눈, 눈동자 속엔 별과 보석들이 있었고, 예쁜 속눈썹이 그 위에 가지런히 펼쳐져 있었다.

저건, 짝들 얼굴이 아니잖아. 그냥 공주 그림이잖아. 나래는 혼란스러워졌다.

소라가 울음을 터뜨렸다. 나래 그림 속의 소라는 동그란 얼굴에 흰자와 검은자가 구분되는 뚜렷한 눈매를 하고 있었다.

"윤나래, 너무해."

나래는 어쩔 줄 몰라서 손을 내저었다.

"아니야, 소라야. 나는……."

나는 정말 열심히 그렸는데. 그리고 너도, 네 그림 속의 나도 나랑 똑같잖아. 알이 두꺼워서 눈을 온통 가리는 안경에 주근깨까지 나랑 똑같잖아.

아이들이 소라 주위로 몰려들었다. 어떤 아이는 티슈까지 챙겨 와서 소라의 눈물을 닦아 주고 있었다. 선생님이 난감한 눈으로 나래를 바라보았다. 나래는 그 눈빛의 의미를 알 수가 없었다.

알람이 울렸다.

평소보다 이른 시각이었다. 나래는 힘겹게 몸을 일으켰다. 오늘 나래는 처음으로 이사라는 걸 하게 되었다. 짐은 많지 않았다. 아빠의 짐은 이미 일주일 전에 모두 빠져나갔으니까. 나래는 새

삼 이 집이 꽤 넓었다는 것을 깨달았다.

벨이 울리더니 짐을 옮겨 줄 사람들이 들어왔다. 방문 앞에 멍하니 서서 그들을 바라보고 있으려니, 엄마가 말했다.

"밖이 추워. 단단히 입고 나가자."

짐이 커다란 트럭에 모두 옮겨지는 동안 나래와 엄마는 아파트 앞 상가의 작은 빵집에서 기다렸다. 나래는 빵을 고르는 데에도 시간이 걸렸다. 초코소라빵은 입가에 초콜릿이 묻는 게 걱정되었고 소보로빵은 부스러기가 많이 나서 엄마가 좋아하지 않았다. 엄마가 그런 나래를 지켜보더니 초코소라빵을 먼저 들어 결제했다.

초콜릿은 너무 달아서 혀가 따가웠다. 그렇게 좋아했던 빵인데, 이상한 일이었다.

"우리 그 집으로 가는 거야?"

며칠 전 엄마와 다녀온 빈집을 떠올렸다. 엄마 손을 잡고 돌아본 그 집은 어딘지 냉랭하고 코를 찌르는 시멘트 냄새로 가득 차 있었다. 지금 집보다 많이 좁아지지만, 새 아파트라서 살기는 더 좋을 것이라고 엄마는 말했다. 그래도 지금 집과 아주 멀리 떨어지지 않았다는 것이 나래는 마음이 놓였다.

"그럼 여기 놀이터에 다시 놀러 올 수 있지?"

엄마는 대답하지 않았다.

알람이 울렸다.

오늘도, 나래는 알람이 울리기 전에 이미 일어나 있었다. 가슴
이 두근거려서 지난밤엔 두어 시간마다 한 번씩 깨며 잠을 설쳤
던 것이다. 나래는 벽에 걸린 교복을 바라보며 침을 삼켰다. 오늘
부터 나래는 중학생이었다.

야간 근무로 언제나 바쁜 엄마는 항상 아침 늦게까지 잠들어
있었다. 그런데 오늘은 엄마가 금방 끓인 된장찌개와 계란말이
를 차리며 나래를 맞았다. 피로 때문인지 두 눈 밑에는 짙은 그
늘이 져 있었다.

"나래야. 이제 정신 바짝 차려야 해."

엄마는 나래만큼이나 겁먹은 것 같았다. 나래가 6학년 때, 바
쁜 와중에도 여러 번 학교에 찾아와 담임 선생님을 만나곤 했던
엄마였다. 그때마다 밤늦게까지 잠들지 못했던 엄마의 모습을
나래는 분명히 기억하고 있었다. 엄마는 무엇이 그렇게 무서웠
을까, 그리고 무엇을 그렇게 무서워하는 걸까.

엄마는 늘 했던 말을 또 하고 또 했다. 빠릿빠릿해져야 해. 주
변 친구들 눈치를 잘 봐. 말할 때 상대방 답답하게 만들지 마. 다

른 애들처럼 해.

다른 애들처럼.

나래는 고개를 끄덕일 수밖에 없었다.

엄마의 걱정은 쓸데없는 것이었다. 같은 반 친구들은 모두 착하고 좋은 아이들이었다. 쉬는 시간에는 모두 함께 모여 좋아하는 아이돌 그룹 이야기를 나누었고 그러다 심심해지면 바닥에 주저앉아 마피아 게임도 했다. 중학교는 왜 그렇게 이동 수업도 많은지, 교실을 옮길 때마다 친구들은 나래의 팔짱을 끼고 움직였다.

"가자, 나래야."

"어, 응."

민아가 손짓해서 나래를 불렀다. 긴 머리칼을 높이 올려 묶은 민아의 활발한 분위기가 나래는 좋았다. 언제 다시 쓰일 줄 몰라서, 받은 유인물을 하나도 버리지 못하고 책상 서랍에 한가득 넣어 둔 바람에 교과서를 찾는 데도 시간이 걸렸다. 민아는 매번 그런 나래를 끈기 있게 기다려 주었다. 나래는 민아가 정말 좋았다. 간혹 일찍 퇴근한 엄마가 학교 이야기를 물을 때마다 민아 이야기가 제일 먼저 나왔다. 엄마도 기분이 좋아 보였다.

그날은 친구들이 모두 함께 놀이공원에 가기로 한 날이었다. 시험 이틀 전인데도 아이들은 야간 개장 시간에 맞춰 모이자고 했다.

"퍼레이드 봐야지. 그래야 정신 번쩍 들어서 밤새워서 공부하지."

"난 거기서 밤샌다."

아이들이 소리 높여 웃었다. 나래는 시간에 맞추어 놀이공원 입구에 도착했다. 하지만 오 분이 지나도, 십 분이 지나도 아무도 나타나지 않았다. 삼십 분이 지나도 마찬가지였다. 곧이어 민아에게서 전화가 왔다. 이제서야 시험 범위를 물어보는 민아에게 나래는 어디냐고 물었고, 민아는 당연히 집이라며 의아해했다. 아이들의 말이 시험을 앞둔 농담이었다는 것을 그때서야 깨달았다. 수화기 너머로 놀이공원의 음악 소리가 흘러 들어간 모양이었다.

"너 설마 정말 놀이공원이야?"

기함한 민아의 외침에 나래의 얼굴이 새빨갛게 달아올랐다. 나래는 아니라고, TV 소리라고 웅얼거리고는 전화를 끊었다.

그날 밤 나래는 많이 울었고 엄마는 나래에게 화를 냈다. 화를 내며 속상해했다.

다음 날, 교실 문을 열고 들어간 나래에게 아이들의 시선이 꽂혔다. 아이들 중 하나가 나래에게 다가오려 했다. 나래는 얼굴이 화끈거렸다. 그래서 가방에서 제일 두꺼운 문제집을 꺼내 얼른 펴 들고는 아무 페이지나 열어 연필로 끼적였다.

음악 시간이 되었다. 사물함을 열심히 뒤져 리코더를 찾아낸 나래는 교실에 혼자 남아 있음을 깨달았다. 나래를 기다려 주는 아이는 아무도 없었다.

그렇게, 1학년이 지나갔다.

나래는 부지런해지기로 했다. 자신은 눈치도 없고, 느리고, 답답하다. 그러니 다른 사람의 배로 노력해야 했다. 주변에 이야기할 사람이 줄어드니 자연히 시간이 남아돌았다. 나래는 그 시간 동안 책을 끼고 살았다. 책, 교과서, 문제집, 닥치는 대로 집어 들었고 그러다 보니 어이없게도 성적이 올랐다. 엄마는 기뻐했다. 아주 기뻐했다.

몇몇 아이들이 나래 주위에 모였다가 흩어졌다. 나래는 매번 그들과의 거리감을 확인했다. 나래는 그 아이들을 쫓아갈 수가 없었다. 쫓아가려는 노력도 무의미하게 느껴지기 시작했고, 나래는 자기만의 둥지를 만들기로 했다. 활자와 숫자로 가득 찬 조용하고 느린 세상이 나래의 세계였다. 그 속에서 나래는 나름대로의 평화를 찾았다.

똑같은 하루가 반복되었다.

한 해가 지나고, 또 한 해가 지나가고 있었다.

나래의 좁은 세상은 평화롭게 반복되고 또 반복되었다.

나래는 그것이 마음에 들었다.

아니, 마음에 들었었나?

알람이 울렸다.

일어나 세수를 하고, 잠든 엄마를 깨우지 않게 소리 없이 식빵 한 조각에 우유를 곁들여 먹고, 양치를 하고, 학교에 갔다. 평소와 크게 다를 바 없는 하루였다. 종례 전까진 그렇게 생각했다.

영어 학원의 레벨 테스트가 내일이다. 사회 수행평가 마감도 내일이다. 오늘은 밤을 새워야 할지도 모른다. 예정에 없던 보충 수업 때문에 하교 시간이 늦은 것도 문제였다. 수학 학원 가기 전에 집에 들러서 오늘 치 숙제를 끝내려 했는데 시간이 모자랄 것 같았다. 아니, 지금 당장 학원으로 출발하지 않으면 지각할 게 뻔했다.

나래는 한숨을 폭 내쉬었다. 걸음이 무거웠다. 이번에도 성적이 떨어지면 엄마가 실망할 것이다.

"아, 진짜! 하지 말랬지!"

"왜, 왜? 맞잖아. 내가 어제 봤거든?"

"나도 봤어. 너 완전 웃기게 나왔던데 안 퍼 갈게. 주스 사."

민아, 예지, 그리고 태민이다. 교실에서도 제일 목소리가 큰 셋은 밖에서도 마찬가지였다. 서로 싸우는 것처럼 보일 정도의 기세로 웃고 떠들며, 그들은 길목을 완전히 가로막고 있었다. 민아의 눈이 이쪽을 향하기 전에 나래는 얼른 방향을 틀었다.

딱히 사이가 나쁜 건 아니지만, 3학년이 되어 새로 만난 민아가 나래는 여전히 불편했다.

더 돌아가는 길이지만 마음 편한 길을 택하기로 했다. 한적한 학교 담장을 따라 걷던 나래는 낯익은 뒷모습을 발견했다.

건들건들, 흐느적흐느적 걷고 있는 키 큰 남자애.

송원호.

나래의 걸음이 멈췄다. 뭘까 이 느낌은. 가슴 안쪽 한구석이 간질간질했다. 나래는 고개를 획 휘젓고는 다시 걷기 시작했다. 3학년이 되어 한 반이 된 지 벌써 몇 달이 지났건만 제대로 말 한마디 안 나눠 본 아이였다. 애초에 나래가 말을 나눠 본 아이 자체가 많지 않았지만.

공연히 말 섞을 일을 만들고 싶지 않았다.

먼 거리를 지키면 된다. 마음도 몸도. 그러면 오늘도 기대도
실망도 없이 편안한 하루를 보낼 수 있을 것이다.

그러려고 했다.

원호가 눈앞에서 주저앉기 전까지는. 그래서 저도 모르게 다
가간 자리에서 웬 조그마한 어린 아기를 만나기 전까지는.

"아냐! 정말로 아니거든!"

새하얗게 질려서 두 팔을 휘두르는 원호. 어째서인지 웃음이
나왔다.

"아니, 그냥…… 실제로는 처음 봐서. 신기하잖아."

그 아이는 나래를 똑바로 바라보면서 변명조로 웅얼거렸고,

"우아! 이것 좀 봐봐. 이거 진짜 신기하다!"

라며 눈앞에 자기 휴대폰을 들이밀었다.

너무 가까운 거리였다. 빨리 멀어져야 했다. 나래의 눈치 없고
느려 터지고 짜증 나는 세계를 들키지 않으려면.

보보라는 이름의 무지개 아기가 나래를 빤히 올려다보고 있었
다. 긴 속눈썹 아래에서 보석처럼 빛나는 신비로운 눈동자가 나
래를 그 안에 한가득 담았다. 나래는 갑자기, 못 견디게 부끄러워

졌다.

"주민센터에 데려다주면 될 거야."

그렇게 말해 주고 돌아섰다. 웬일로 말을 더듬지도 않았다. 분명하고 단호하게 말하는 자신의 말투도 낯설었다. 긴장하지 않고 말했다. 마치 눈앞에 있는 송원호와 외계인 아기가 자신과 아주 편하고 친근한 사이이기라도 한 것처럼.

그럴 리가 없지. 나래는 쓴웃음을 지으며 걸음을 옮겼다. 그럴 리가 없다. 세상 누구도 나래를 기다려 주지 않는다. 가끔은, 엄마조차도.

"어마!"

아기 목소리였다. 난 네 엄마가 아니야, 아가야. 원호가 알아서 널 집에 데려다줄 거야. 날 부르지 마.

그런데 어째서일까. 뭘까, 이 기분은.

아기가 한 번 더 나래를 불렀다. 나래는 알 수 있었다. 엄마가 아니었다. 아이는 분명히 나래를 부르고 있었다. 어째서인지 모르겠지만, 알 수 있었다. 울먹임이 섞인 목소리였다. 원호가 어쩔 줄 모르고 아기를 달래려 노력하고 있었다. 나래는 한 걸음을 더 떼어 냈다.

보보, 누구나 언젠가는 혼자가 돼. 하지만 괜찮아, 너는. 돌아갈 집이 있잖아. 집에 돌아가기만 하면 되니까. 지금도 널 애타게 찾고 있는 사람이 있을 테고 너는 곧 그 품에 안겨 집에 돌아가서, 현관 앞을 뒹굴며 신발을 벗겨 달라고 어리광을 부릴 수 있을 거야.

"어……?"

눈이 시렸다. 당황해서 턱 밑에 받쳐 본 손바닥 위로, 눈물이 방울져서 떨어졌다. 뜨거운 눈물이 뺨을 타고 하염없이 흘러내리고 있었다. 가슴이 불붙은 듯 뜨거워지고 목이 메어 왔다.

너는, 집에 돌아가기만 하면 되잖아. 너희 집은, 너희 집은……?

나래는 뒤를 돌아보았다. 거센 몸놀림에 올이 가는 머리칼들이 붕 떠올라 두 눈을 가렸다가, 한 올 한 올 떨어지며 평생 못 잊을 풍경을 천천히 그려 냈다.

발버둥 치는 보보를 꼭 끌어안고서 원호가 나래를 바라보고 있었다. 도와줘, 윤나래. 꼭 그렇게 말하는 것만 같은 눈을 하고서. 보보가 울고 있었다. 나래를 향해 두 팔을 내밀며, 서럽고 숨막히게 울고 있었다.

발이 땅에서 떨어졌다. 휙 돌아간 운동화 끝이 그들을 향했다.

나래는 달렸다. 그 둘을 향해 있는 힘껏 달렸다.

그래, 보보. 집에 가자.

보보의 울음소리가 점점 커졌다. 아득히 먼 곳에서 또 다른 울음소리가 그 울음소리에 겹쳐졌다. 먼 곳인지, 아니면 바로 이곳인지. 나래는 이를 악물고 땅을 박찼다. 길게 뻗은 나래의 손에 보보의 뺨이 닿았다.

나래는 눈을 떴다.

"보보?"

흰 빛이 카메라 플래시 잔광처럼 사방에 어른거렸다. 나래는 눈물에 젖은 얼굴을 아기띠 안의 보보 뺨에 마구 부볐다. 보보가 눈물 콧물로 범벅이 된 채 나래의 머리칼을 잡아당기며 화를 냈다. 보보에겐 그럴 자격이 있었다. 고작 반나절의 시간을 함께했을 뿐이더라도 보보에게는, 그들에게는 그 이상으로 오간 마음이 있었으니까. 그랬으니까.

"미안해. 내가, 내가 미안해! 다시는 널 놓고 가지 않아."

단 한 번이라도, 이렇게 절실하게 미안하다고 말했던 때가 있었던가.

나래는 숨을 크게 들이마시며 고개를 들었다. 그리고 아직도 석상처럼 굳어 있는 원호를 바라보았다.

"약속해. 너는 내가 꼭……, 꼭 집으로 보내 줄 거야."

*

원호는 키보드 위에 머리를 떨어뜨렸다. 화면에 의미 없는 자음과 모음과 숫자와 알파벳들이 줄지어 나타났다.

"아들! 어때, 이번엔 좀 반응이 있어?"

거실에서 엄마가 속 편하게 외쳤다. 원호는 입을 비죽 내밀고 대답했다.

"아, 몰라."

"그러게 내가 그 부분은 심심하다 그랬잖아. 다음번엔 뭐 올릴 거야?"

"아, 몰라!"

원호는 소리를 버럭 지르곤 가방을 낚아채서 집을 뛰쳐나왔다.

"저거 저거, 머리도 나쁜 게 성격까지 더러워서는!"

"엄마보단 낫거든!"

첫 댓글을 엄마가 달아 버리면 어떡하냐고! '우리 아들 화이팅!'이라니! 엄마 때문에 다른 사람들이 더 댓글 못 다는 거잖아! 원호는 그렇게 생각하기로 했다.

긴 등굣길은 언제나 무선 이어폰과 함께였다. 교문을 통과할 때 즈음엔 기분이 적당히 좋아졌는데, 교실에 들어가자마자 다시 우울해지고 말았다. 오늘은 금요일. 1교시부터 수학인 걸 깜박했던 것이다. 하나도 알아들을 수 없는 주문 같은 말만 한 시간 내도록 버티고 듣고 있어야 하는데, 졸 수도 없었다. 조는 순간 그날 진도 나간 부분을 세 번씩 베껴 적는 벌칙이 떨어졌던 것이다. 수학 선생님은 성실하고, 그만큼 집요했다. 아무리 도망 다녀도 끝내 숙제를 받아 내고야 말았다.

조회 시간엔 담임 선생님이 반으로 자른 A4 용지를 나눠 주었다. 진로 희망 조사라며 종례 전까지 관심 있는 직업과 그 직업을 적은 이유를 다섯 줄 이상으로 정리해 놓으라고 했다. 진지한 조사이니 장난칠 생각 말라는 말도 덧붙였다. 고민할 것도 없었다. 원호는 단번에 빈칸에 '뮤지션'이라고 적어 넣었다. 성준이 고개를 쭉 빼고 원호의 종이를 훔쳐보았다. 그러고는 폭소를 터뜨렸다.

"야, 진짜? 진짜 뮤지션?"

"왜?"

"아니다."

그런 성준의 종이 위에는 '프로그래머'가 적혀 있었다.

"프로게이머잖아. 프로그래머 아니잖아?"

"진지하게 적으라잖아."

그거랑 이게 무슨 상관이란 말인가. 원호는 조금 기분이 나빠졌다. 자습 시간이 아직 남아 있었기 때문에 원호는 이 시간에 담임의 과제를 다 끝내 버리기로 마음먹었다. 어젯밤에 영상을 올리고선 두근거려서 잠을 설쳤지만, 이 시간을 졸면서 보내고 싶진 않았다. 스스로를 기특하게 생각하며 원호는 샤프펜슬로 끼적였다.

뮤지션. 뮤지션만으로는 부족하지.

원호는 뮤지션 옆에 쉼표를 찍고 덧붙였다. '콘텐츠 크리에이터.' 멋져 보였다. 적어도 컴퓨터 프로그래머보다는 훨씬 그럴싸해 보였다. 문제는 이유를 적는 란이었다. 세상에 다섯 줄이라니, 어떻게 그렇게 길게 쓰라는 말인가. 주변을 둘러보니 다들 어쩌면 저렇게 똑똑한지 쉽게도 슥슥 빈칸을 채워 나가고 있었다.

— 저는 음악을 만드는 것을 좋아하기 때문입니다.

도무지 그다음에 이어질 문장을 생각해 낼 수가 없었다. 좋아서 그 길로 가겠다는데, 그 이상 무엇이 필요하단 말인가. 결국 종이 쳤다. 원호는 허겁지겁 한 문장을 덧붙여 적었다.

— 사람들에게 제 노래를 들려주고 싶기 때문입니다.

결국 수학 시간에는 졸고 말았다. 원호는 쉬는 시간 내도록 수학 교과서를 베껴 적었다. 어차피 하나도 알아볼 수 없는 문자였기에 원호에겐 의미 없는 단순 노동에 지나지 않았다. 손으로는 부지런히 숫자를 그리며, 발로는 리듬을 밟았다. 상체도 어느새 리듬을 타고 흔들흔들하고 있었다.

누군가가 원호의 등을 쿡 찔렀다.

"야, 뮤지션. 신곡은 언제 나와?"

"언젠가."

원호는 뒤도 돌아보지 않고 대답했다. 이미 구독자가 아닌 걸 확인한 녀석이었다. 저건 그냥 심심풀이 도발이었고 원호는 무척 바빴다.

"신곡 나오면 꼭 알려 주라. 나 너 축제 때 영상 퍼 가서 완전 알티 스타 됐잖냐. 이번에도 그런 거 하나 뽑아 줘."

그때는 촉박한 시간에 맞추느라 급하게 만든 음원을 들고 나갈 수밖에 없었다. 축제 때 내보낸 그의 노래는 전교생의 폭발적인 놀림을 받았지만 원호는 신경 쓰지 않았다. 무대에 올라가는 것 자체가 그에게는 큰 경험이 되었으니까. 오히려 무대를 끝까지 마치고 내려온 자신이 자랑스러웠다. 뭐 어쩌란 말인가, 대작가의 위대한 작품도 수많은 실패작들이 있었으니 탄생할 수 있었던 것일 텐데.

그래야 하는데.

"아, 송원호! 목소리 좀 낮춰!"

음악 시간, 모둠별 합창 연습. 앞줄에 서 있던 애가 짜증을 냈다.

"너 때문에 소리가 다 깨지잖아. 안 그래도 음치인 애가 왜 그렇게 크게 불러?"

"어, 응."

원호의 얼굴이 붉어지자 음악 선생님이 아이들을 진정시켰다. 합창은 화합이 중요하다고, 내 파트만 열심히 부를 게 아니라 상대방의 목소리를 들으며 자신의 목소리를 내라고 말했다. 그러면서 원호를 향해 난감한 미소를 지어 보였다. 원호는 멋쩍게 입맛을 다셨다.

"원호야."

담임이 원호가 낸 진로 희망서를 다시 돌려주었다.

"이유를 조금 더 자세하게 적어 오면 좋겠다. 천천히 생각해 보고 적어서 월요일 아침까지 가져와. 부모님과 상의해 봐도 좋고."

"네……."

"원호는 노래가 좋니?"

"네!"

담임 선생님이 천천히 고개를 끄덕였다.

"음악, 어디서 배우고 있는 거니? 학원 같은 곳이라거나."

"아뇨. 저 혼자 하고 있는데요."

"정말? 음, 힘들진 않고?"

"아뇨. 그냥 재밌어요."

"부모님께서는 어떻게 생각하고 계셔? 음악 해도 좋다고 지원해 주시는 편이야?"

원호는 고개를 갸웃했다.

"제 마음대로 하라세요."

"그렇구나. 알겠다."

원호는 어깨를 으쓱하곤 교무실에서 돌아 나왔다. 묘하게 뒷맛이 찝찝했다. 하지만 또 그런 건 금방 잊고 마는 것이 원호 성격이었다.

사회 시간엔 푹 잘 수 있었다. 영어 시간엔 발표에 걸릴까 봐 선생님 눈길을 피하며 열심히 책만 노려보았다. 단어 열 개 중 두 개 정도는 눈에 익었다. 윤나래가 개미만 한 목소리로 지문을 술술 읽어 나갔다. 쟤는 도대체 이것들을 어떻게 다 아는 건가 싶었다. 국어는 유일하게 좋아하는 시간이었다. 적어도 다 알아들을 수는 있는 이야기들이었으니까. 하지만 오늘따라 선생님의 목소리는 특히 더 나른했고 원호는 오늘 특히 더 피곤했다.

원호의 매일은 언제나 그랬다.

조회 수가 2 늘었다. 구독자 수가 1 늘었다. 원호는 날아갈 듯 기분이 좋아졌다. 계속 기다렸지만 댓글은 달리지 않았다. 자고 일어났더니 구독자가 다시 하나 줄어들어 있었다.

원호는 알 수 없는 감정에 휩싸였다. 머리를 마구 헝클어뜨리고선 침대에 벌렁 누웠다. 토요일 내도록 원호는 침대에서 나오지 않았다.

"이번 건 되는 노래야."

원호가 새빨갛게 충혈된 눈을 비비며 말했다.

"네 노래는 언제나 되는 노래지."

엄마가 버블티를 휘저으며 답했다. 원호는 눈살을 찌푸렸다.

"아니, 진짜 되는 노래라니까? 이번엔 느낌이 와."

"느낌이 온다잖아요, 여보. 놀리지 말아요."

아빠 말이 더 놀리는 것 같았다. 원호는 욱해서 식탁에서 벌떡 일어났다.

"아, 그 버블티 치킨 같은 거 아무도 안 먹는다고! 그만두라고!"

문을 쾅 닫고 방으로 들어왔다. 엄마가 버럭 대는 소리가 들렸지만 무시하고 귀마개를 꼈다. 그리고 삼 주 동안 모든 열정을 컴퓨터에 갖다 바쳤다.

완성된 음원은, 썩 괜찮게 들렸다.

"아니야. 끝내준다고 하자."

이건 최고야. 진짜 최고야. 최고여야 해. 원호는 중얼중얼 되뇌었다. 며칠 동안 그렇게 되뇌었더니 정말로 더 좋게 들리는 것도 같았다. 남은 과제는 여기에 노래를 씌우는 것이었다.

화룡점정.

난생처음으로 사전을 뒤져 딱 맞는 표현도 찾아냈다. 원호는 신중하게 날을 골랐고 드디어 대망의 녹음일이 다가왔다.

이 외계인 꼬마를 집에 데려다주고 나면, 정말 최고의 기분으로 최고의 노래를 부를 수 있을 것 같았다.

"우리의 소원은 통일이냐, 인마?"

태민의 이죽거림이 가슴을 쿡 찔렀다.

"가사 제대로 구리네. 그건 때려치우고 작년 그 노래나 불러봐."

이 노래도 틀린 걸까? 아니, 그럴 리가 없었다. 그러면 안 되었다. 이 노래는 정말 그의 최선이고 그의 모든 것이었으니까.

"멋지다……."

윤나래는 그렇게 말해 주었다.

"정말 괜찮아. 좋아."

윤나래는 똑똑하고 착한 애다. 믿을 만한 친구라는 소리다. 그런데 얘가 과연 '별로다' '싫다'라는 말을 입에서 꺼낼 수 있는 애일까?

못 하겠지.

어쩌면 나래의 호평은 원호를 향한 동정 비슷한 것일지도 모른다. 그렇지. 마음 약한 애니까.

원호는 어깨를 떨어뜨렸다. 이마에 식은땀이 솟았다. 강당 무대 위에서 스포트라이트를 받던 그 순간처럼. 머리가 뜨겁고 손발이 차가워졌다. 누군가가 웃었다. 아니, 모두가 웃었다. 그 엄청났던 웃음소리들이 파도처럼 원호의 등을 덮쳐 와 원호는 제자리에서 비틀거리고 말았다. 날카로운 휘파람 소리가 귀를 쿡 찔렀다.

축제가 금방이다. 혼자 들떠서 준비하고 있긴 하지만, 이번 무대에서도 똑같은 일이 일어나면 어쩌지? 그때는 처음이니까, 준비 기간이 짧았으니까, 경험 삼아 나온 것이니까, 그런 말로 자신을 지킬 수 있었지만 이번에도 모두가 그런 식으로 웃어 버리면?

업로드한 영상 수 24, 구독자 수 7. 그중 2는 부모님.

어쩌면 엄마 말대로, 나는 정말 바보인 게 아닐까? 되지도 않을 일을 붙잡고 혼자 좋다고 날뛰는 얼간이인 게 아닐까? 재능? 그런 게 있었으면 진작에 누군가가 알아봐 줬겠지. 모두 이런 내가 웃겨서 가만히 두고 보고 즐기는 걸지도 몰라.

박태민의 마지막 말이 머릿속에 쿵쿵 울려 퍼졌다.

"같잖은 노래나 만들러 가, 송원호. 가서 너 비웃으려고 구독 눌러 놓은 놈들한테 댓글 구걸하며 살아. 착한 척 그만하고."

다리에 힘이 빠졌다.

나는 재능이 없어.

"원호야."

나는, 내 노래는 정말 최악이야.

그나마 제일 잘한다고 한 게 이건데, 이것조차 이 모양이야. 난 제대로 할 줄 아는 게 아무것도 없는 놈이야. 그러니까 꼬맹이 집 하나 찾아 주는 것도…….

"송원호, 아니야."

누군가가 말했다.

웃기지 마. 이젠 안 속아! 내가 아무리 생각 없고 머리 나쁜 바보라고 해도, 이쯤 되면 나도 알아.

이젠 때려치울 때가 됐어.

"아니라니까!"

고막이 찢어지는 줄 알았다. 원호는 화들짝 놀란 자세 그대로 바싹 얼어붙었다. 누군지 몰라도 상대는 무척 화가 나 있었다. 얼굴도 보이지 않는 상대였다. 그저 그 목소리만이 원호의 온몸을 에워싸고 웅웅 울렸다.

아는 목소리일데. 저거 아는 목소리인데. 알고는 있는데 되게 낯서네.

원호도 슬그머니 화가 났다. 내가 맞다는데, 세상에서 내가 나를 제일 잘 알지, 자기가 뭐라고 나한테 화까지 낸단 말인가. 자기가 나에 대해 무엇을 얼마나 안다고. 원호도 마주 외쳤다.

"맞아! 내 노래는 쓰레기라고!"

자기 입으로 말했지만 가슴이 쿡 쑤셨다. 한 번 입을 여니 쌓였던 감정들이 폭포수처럼 쏟아져 나왔다.

"아무도 안 듣고 아무도 안 좋아해! 나 혼자 좋다고 날뛰는 거지! 네가 내 노래를 들어 보긴 했어? 들어 보지도 않은 주제에 속 편한 소리 하지 말란 말이야!"

씩씩거리며 기다렸다. 대답은 조금 시간이 걸리고 나서야 돌아왔다.

"들어 봤어."

"거짓말. 그럼 솔직하게 말해 봐. 그게 괜찮아? 나는 공부도 못하고 운동도 못하고 할 줄 아는 게 그것뿐인데, 그리고 그 노래가 내 최선인데! 그것조차 이 모양이면 내가 이 길로 가는 게 맞긴 한 거냐고! 정말로 날 생각한다면, 솔직하게 말해 보란 말이야!"

"……원호야. 네 음악은 멋져."

조용히, 상대가 말을 이었다. 작고 가냘픈 목소리는 조금 망설이는 듯했다. 그것 봐. 너도 자신이 없잖아. 듣기 좋은 말 고르느라 그러고 있는 거잖아. 원호는 슬프게 코웃음을 쳤다.

하지만 이어지는 대답은 그의 뒤통수를 장대하게 후려치는 것이었다.

"그냥, 네가 음치인 게 문제야."

"……뭐라고?"

"미안해. 음악은 좋아. 진심이야. 특히 반복되는 '친구야, 오늘은 내 말을 들어 볼래.' 부분이 아주아주 좋아."

"도아!"

이건 누구 목소리지? 원호의 입이 조금 벌어졌다. 나 지금 뭔가 굉장히 중요한 걸 잊고 있지 않았나?

"그러니까 노래는 다른 사람한테 맡기는 게 좋겠어."

원호는 큰 숨을 훅 들이마셨다. 그리고 황소처럼 휘둥그렇게 뜬 눈을 껌벅껌벅거리다가, 바보처럼 되물었다.

"저, 정말?"

"응. 미안."

아니, 미안할 일이 아니었다. 원호도 생각하고 있던 것이니까. 그래서 '그' 계획을 세워 보기도 했었……!

그때서야 목소리 주인공이 누구인지 생각이 났다. 지금 그가 어디에서 무엇을 하고 있었던 것인지도. 갑자기 흐릿했던 기억이 해일처럼 단번에 와르르 쏟아져 들어왔다. 온몸의 긴장이 풀리더니 다리에서 힘이 완전히 빠져 버렸다. 원호는 바닥에 털썩 주저앉았다.

협조해 주셔서 감사합니다. 보여 주신 기억은 자라나는 청소년들의 교육에 소중한 참고 자료로 활용하겠습니다. -'선생님' 올림.

메시지가 뜨더니 순식간에 주변 광경이 바뀌었다. 나래와 보보가 걱정스러운 눈으로 원호를 내려다보고 있었다. 또 다른 보안 장치였구나. 원호는 그제야 깨달았다.

"차라리…… '고슴도치'가 나았겠다."

원호가 힘없이 투덜거리곤 손바닥으로 얼굴을 쓸었다. 나래도 고개를 끄덕였다. 원호는 얼굴이 확 달아올라서는 차마 나래를 마주 보지 못하고 이리저리 고개를 꼬았다.

보안 장치에서 빠져나온 것은 둘뿐이었다. 쪙가와 일행은 현관 초입에 멍하니 서 있었다. 모두들 무슨 혼잣말을 중얼중얼하고 있었는데, 다들 괴로운 표정이었다. 자기도 저런 모습으로 추태를 부리고 있었을 것이다. 그리고 나래는 먼저 깨어나서 그 헛소리에 일일이 대꾸하며 원호를 깨운 것일 테고. '학자'의 어설픈 심리 검사도 그렇게 힘들어하던 애가 제일 먼저 이런 지독한 보안 장치를 깨고 나오다니 믿기지가 않았다. 나래의 도움이 없었더라면, 나래가 조금만 더 늦었더라면 원호 자신도 더 심각한 지경에 빠졌을지도 몰랐다.

원호가 뒤늦게 웅얼거렸다.

"어, 고…… 고마워. 대단하다, 너."

"아니야."

부끄럽기는 나래도 마찬가지였다. 둘은 데면데면하게 서로의 시선을 피했다. 원호가 괜히 바닥의 무늬를 세며 웅얼거렸다.

"자, 자리 옮기자."

"응."

나래가 벽의 페인트 색을 살피며 답했다.

저들 가까이에 있으면 안 될 것 같았다. 언제 깨어나서 다시 자신들을 덮치려 할지 알 수 없었다. 그렇다고 그들 사이를 지나쳐서 밖으로 나갈 자신도 없었기 때문에, 결국 자리를 좀 더 안쪽으로 옮기기로 했다. 원호와 나래는 보보를 데리고 가까이 있는 교실 문 앞에 주저앉았다. 방송실이라고 적힌 문 앞에는 신청곡을 받는 화이트보드가 걸려 있었다. 원호가 생전 들어 본 적 없는 제목들을 보며 원호는 이곳이 어떤 곳인지 다시 한 번 실감했다.

"이제 어떻게 하지?"

원호가 중얼거렸다. 나래는 해답을 가지고 있을 것 같았다. 나래는 자신 없는 투로 말했다.

"방송에 크게 나왔잖아. 곧 외계인 관련 일 하시는 분들이 오실 거야. 외계인 인권 위원회 같은 것도 있다고 들었고, 무지개는 아니어도 외계인들의 조합 같은 것도 있을 테고……."

그런 어른들이라면 보보를 더 잘 보호해 줄 수 있을 것이다.

어쩌면 비밀리에 무지개와 연락이 통하는 쪽이 있을 수도 있지 않을까? 나래는 그렇게 생각했다. 하지만, 다른 생각도 있었다. 나래는 습관처럼 보보의 등을 토닥이며 휴대폰을 꺼냈다. 9시 7분이었다. 7분. 나래는 머릿속으로 다시 되뇌었다.

7분.

"으억! 너 부재중 숫자 그거 뭐야!"

나래가 깜짝 놀라서 휴대폰을 감추려 했다. 하지만 무심코 뻗은 원호의 손이 허둥대는 나래의 손에 부딪히고 말았다. 휴대폰이 손에서 미끄러지더니 요란한 소리를 내며 바닥에 떨어졌다. 그러다 눌린 메시지 알림 버튼에 읽지 않은 글들이 우르르 떠올랐다.

원호의 얼굴이 굳었다.

"너 아까 거짓말이었지? 엄마한테 연락 안 했지?"

"……지금은 엄마랑 이야기하고 싶지 않아."

엄마는 나래를 주저앉힐 것이다. 보보에겐 나래와 원호뿐인데, 엄마의 말을 듣는 순간 억지로 끌어낸 용기도 바람 빠진 풍선처럼 꺼져 버릴 것이었다. 엄마가 굳이 그렇게 하지 않아도 엄마 앞에 서는 순간 나래는 항상 쪼그라들어 버리니까.

지금 저 메시지 안에도 나래를 향한 분노가 가득 차 있을 것이다.

부재중 전화 92통, 읽지 않은 메시지 208개. 원호네 엄마는 원호를 믿고 나래와 보보를 맡기는데 나래의 엄마는 그렇게 하지 않을 것이다. 저 숫자들은 불신의 증명이었다.

"그래도 전화해 봐. 걱정하시잖아."

원호가 휴대폰을 주워서 내밀었다.

"싫어."

"자."

싫다고 하는데. 나래는 입술을 꾹 깨물고 고개를 홱 돌렸다. 그러다 급히 돌린 시선에, 문자 한 줄이 스쳤다.

— 나래야.

가슴이 쿵 내려앉았다. 엄마는 나래를 그렇게 부르지 않았다. 엄마는 나래의 이름을 부를 일이 없었다. 숙제했니? 밥 먹어. 그만 자. 피곤해. 알아서 해 놔. 잘하고 있지? 간혹 멀리서 부를 일이 있을 때는, 윤나래!

나래야, 일어나야지.

옛날엔 그렇게 이름을 부르며 깨워 줬는데.

나래가 홀린 듯 천천히 손을 내밀었다. 원호가 씩 웃으며 그 손에 휴대폰을 건넸다.

— 나래야, 어디야?

— 나래야, 엄마 전화 좀 받아 줘.

— 경찰서 다녀가는 길이야. 가출일 수도 있다는데 그럴 리가 없잖아.

— 엄마가 어떻게 하면 될까?

— 혹시 휴대폰 발견하신 분, 전화 좀 주세요.

— 아니야 가출할 수도 있지. 해도 돼.

— 엄마가 미안해. 괜찮은지 답장만이라도 해 줘.

— 나래야.

— 메시지 확인만이라도 해, 제발.

의미도 모르겠고 맥락도 모르겠다. 나래의 숨이 거칠어졌다. 코가 시렸다. 코가 시려서 눈물이 났다. 뿌옇게 흐려진 시야에 글자가 번져 보였다.

엄마가 보였다. 빽빽하게 채워져 있으면서도 뚝뚝 끊어진 그 글자들 속에 엄마가 있었다. 그렇게 따뜻한 목소리로 나래를 깨우던 엄마가, 아빠와 다투면서도 아이 앞에서는 이러지 말자고

쩔쩔매던 엄마가, 이삿짐을 챙기면서도 나래 시선이 제일 오래 닿아 있던 초코소라빵을 먼저 집어 들고 새로 이사한 집에선 나래의 방을 제일 먼저 정리해 주던 엄마가, 나래가 이불 속에서 숨죽여 운 다음 날마다 학교로 달려가 스스로에게 화를 내던 엄마가 그곳에 있었다. 상처받지 말라고, 상처 주던 엄마가 그 속에 있었다. '선생님'의 보안 장치를 뚫고 나오며 나래는 그 옛날 기억들마저 모조리 떠올릴 수 있었다.

"엄마······."

엄마가 잘못했어. 엄마가 나한테 그러면 어떡해. 이젠 우리뿐이잖아. 우리끼리는 그러면 안 됐잖아. 엄마는 뭐가 그렇게 무서웠어?

가슴 깊은 곳에 꾹꾹 눌러 담고 뚜껑을 덮어 두었었던 감정이 콸콸 쏟아져 나왔다. 흘러넘친 감정들은 엄마의 '미안해' 앞에 부딪히더니 소용돌이치며 일렁였다.

나래는 무릎을 껴안고 오열했다. 원호가 어설픈 손길로 그 등을 토닥였다. 보보가 몸을 이리저리 틀더니 나래의 머리를 토닥였다. 엄마의 마지막 메시지는 이랬다.

— 저거 너 맞지?

TV 속보에 찡가의 실시간 영상까지 모조리 나온 모양이었다.

— 엄마가 지금 갈게.

비난도 걱정도 질타도 아니었다.

그것은 약속이었다.

응. 엄마. 나 여기에 있어. 빨리 와.

"가자."

나래가 갑자기 벌떡 일어나더니 거칠게 눈가를 닦았다.

"어디로?"

"바깥으로."

"왜?"

원호가 넋 나간 얼굴로 되물었다. 나래는 그런 원호를 똑바로 쳐다보았다. 아까부터 머릿속에서 도무지 지워지지 않던 희망은 나래의 머릿속에서 확신으로 바뀌어 있었다.

"아직 포기하지 말자. 십 분도 안 지났어. 아니, 몇 시간이 지났어도 괜찮아."

나래가 코를 훌쩍 들이마셨다.

"아무리 느려도, 늦어도…… 분명히 있을 거야."

원호의 표정이 서서히 변했다. 저토록 꼿꼿이 서서, 저렇게 단호하게 말하는 윤나래라니.

"이런 우리를 기다려 주는 누군가가."

느리더라도, 늦더라도 결국 우리는 늘 해내긴 했다. 포기하지 않았으니까. 그리고 기다렸던 것보다도 더, 아주 오랜 시간을 먼 길로 돌아서 오더라도 결국 우리는 목적지에서 서로 만나지 않았던가. 엄마와 나의 마음은. 지금처럼.

쿵, 가슴이 뛰었다. 원호는 왠지 숨이 찼다. 나래의 눈이 반짝반짝 빛나고 있었다. 무지개들의 보석보다도 더 찬란하게.

"없으면? 사실 벌써 떠난 뒤면?"

"그런 걱정은 미리 하지 마."

나래가 이를 꾹 깨물며 말했다. 원호는 웃음이 나왔다. 정말로 큰 웃음이 터져 나왔다.

"응! 그래!"

누군가는 우리를 기다려 줄 거야. 약속했으니까. 그 약속을 믿으니까. 그 차가운 아파트 베란다 구석에서 끝까지 나를 기다렸던 너처럼. 아무 이득도 없는 그곳으로 위험을 무릅쓰고 돌아갔던 나처럼.

원호가 손바닥을 높이 들어 올렸다. 고개를 갸웃하던 나래가 피식 웃고는 그 손바닥을 짝 소리 나게 내리쳤다. 손바닥이 얼얼하도록 아팠지만 기분이 좋았다. 지금이라면 뭐든지 할 수 있을 것만 같다. 둘 다 그렇게 느꼈다.

이제 움직일 시간이었다.

원호가 나래의 부축을 받아 일어났다. 박태민과 뒹굴며 삔 발목이 여전히 아팠다.

"난 빨리 못 움직여."

"알아. 하지만 이 운동장은 포기해야 해."

세상의 이목이 모두 이곳으로 쏠려 있었다. 이곳에 무지개의 수송선이 대놓고 모습을 드러낼 수는 없었다. 게다가 아직도 밖에선 무지개들을 혼란하게 만드는 이상한 소리를 계속 틀어 놓고 있을 테니 장소를 바꾸는 게 안전할 것이었다.

새로운 장소를 찾는다. 그것을 무지개에게 알린다. 그리고 누구보다 빨리 그 장소에 보보를 데려다준다.

할 수 있을까? 해내야 했다.

"오르막길 아래쪽에 공원 하나 있었지?"

원호가 기억을 더듬더니 말했다. 여기서 너무 멀면 불가능한 계획이니 그 장소가 제일 적합해 보였다. 나래도 동의했다. 다음 문젯거리에 대해서도 원호는 해결책을 가지고 있었다. 원호의 말을 들은 나래의 얼굴이 묘하게 일그러졌다. 하지만 그 표정엔 분명히 웃음기가 섞여 있었다. 원호는 나래가 허락해 줄 것이라고 믿었다.

"그래도 되겠어?"

"꼭 해 보고 싶었던 일이야. 맡겨만 둬."

나래가 고개를 끄덕였다. 그게 신호라도 되는 양, 원호는 마커 펜의 뚜껑을 열고는 화이트보드로 다가갔다.

「친구에게」 작사·작곡: 송원호

뒤를 돌아보자, 나래가 조용히 엄지손가락을 치켜올렸다.

"아우!"

보보도 신나게 두 손을 맞부딪쳤다. 열렬한 환호가 아닐 수 없었다. 뿌듯하게 웃은 원호는 패딩을 벗어 팔에 둘둘 말았다.

"죄송해요!"

와장창, 방송실 문에 달린 유리창이 박살 났다.

10. 집으로

"찡가, 이 비열한 자식!"

보석고양이가 씩씩대며 차에서 뛰어내렸다. 교문 안쪽은 이미
찡가 쪽 사람들로 가득 차 있었다. 이번 무지개 프로젝트는 함께
작업하자더니 이런 식으로 뒤통수를 칠 줄은 몰랐다. 자기한테
는 너나 나나 다 찍는 무지개 실종 사건 하나 던져 주고는 자기
혼자서 이런 큰 건을 물고 가 버리다니 이건 완전히 배신이었다.

그래도 아직 정부 측 사람들이 오기 전에 도착할 수 있어 다행
이었다. 잘못했으면 현장에 들어오지도 못할 뻔했다. 아직 뭔가
찍을 수 있는 게 남았을 것이다.

보석고양이가 성큼성큼 본관 쪽으로 걸어가자 찡가 쪽 보조가

그녀를 가로막았다.

"아, 비켜! 우리 한 팀이잖아!"

"아무도 들여보내지 말랬어요."

"웃기지 마! 너희들끼리 다 해먹으려고? 내가 너희들 가만히
둘 것 같아?"

그래도 상대는 요지부동이었다. 보석고양이가 한창 실시간 방
송 중인 찡가 채널의 화면을 휴대폰으로 켜서 내밀었다. 실내로
들어간 찡가의 카메라가 엉뚱하게 벽만 비추고 있었기 때문에, 바
깥에서 바라보는 이쪽 카메라 시점으로 영상을 내보내고 있었다.

"너희 솔직히 말해 봐. 뭔가 문제가 있는 거지?"

"아닌데요."

상대가 정색하는 것을 보자 보석고양이는 더 확신이 들었다.

"찡가 놈 들어간 지 한참 지났잖아. 아직도 소식이 없는 거라
면 뭐가 잘못되어도 크게 잘못된 게 맞아. 안에서 무슨 일이 생
겼을 수도 있는데 너희는 그냥 태평하게 기다리고만 있을 거야?"

"하지만……."

"멍청하긴! 이렇게 둔해 터졌으니까 평생 남의 보조나 하고 있
지!"

상대의 얼굴이 일그러졌다.

"뭐요? 이게 보자 보자 하니까!"

"왜? 치게? 쳐 봐!"

둘이 위협적인 삿대질을 막 시작했을 때였다. 본관 유리 현관문이 조용히 열렸다. 사람들의 시선이 그쪽으로 확 쏠렸다.

문을 열고 나오는 건 찡가가 아니었다. 웬 키가 작은 아이 하나였는데, 무릎 아래를 한참 지나 거의 발목까지 내려오기 직전인 검은 롱패딩 차림에 후드까지 머리에 깊숙이 뒤집어쓰고 있어 성별조차 알 수 없었다. 아이는 사람들 쪽으로는 눈길도 한 번 안 주고 계속 손에 든 휴대폰만 내려다보고 있었다. 그리고 그 자세 그대로 서두르지도 않는 태연한 걸음으로 운동장 귀퉁이를 따라 걸어 이쪽으로 다가오기 시작했다.

보석고양이는 얼른 현관 쪽을 다시 노려보았다. 이상했다. 찡가가 따라 나오지 않는 것이었다. 오직 그 아이 하나만 아무 일도 없었다는 듯, 마치 이 세계와 외따로 떨어진 듯한 분위기로 걷고 있었다. 운동장이 이렇게 시끄러우면 한번 고개를 들어 이쪽을 볼 법도 하건만.

"유령……?"

보석고양이가 멍하니 중얼거렸다. 그것도 재미있는 소재이긴 했다. 보석고양이가 어찌해야 할지 갈팡질팡하는 사이, 찡가 팀도 똑같이 혼란스러워하고 있었다. 그래도 그쪽은 좀 더 현실적이었다.

"학생? 학생!"

누군가가 큰 소리로 외치며 아이를 향해 다가가기 시작했다.

*

바짝 굳은 손바닥 안쪽엔 식은땀이 흥건했다. 나래는 수시로 마른침을 삼켰다. 자꾸만 고개를 들고 싶어졌지만 꾹 참았다. 막 달려 도망치고 싶은 충동도 꾹 눌렀다. 아직은 그럴 때가 아니었다. 그저 계속, 작은 목소리로 노래를 불렀다.

자장가는 이제 지겨운지 영 반응이 안 좋아 동요로 바꾸어 보았는데 꽤 효과가 있었다. 지퍼를 가슴 위까지 끌어올려서 커다란 자루처럼 보이는 원호의 패딩 속에서, 아기띠에 쏙 들어가 안긴 보보가 나래를 올려다보았다. 현관을 나서자마자 보보는 얼굴을 찡그렸는데 나래가 노래를 부르기 시작하니 금세 방글방글 웃고 있었다. 역시 예상대로 아직 그 이상한 장치를 틀어 놓은 모양이었다. 만약 무지개들의 수송선이 근처에 있다고 하더라도, 저 장치에서 나오는 소리 때문에 곤란해하고 있을 것이 분명했다.

"학생? 학생!"

나래는 후드를 더 깊이 끌어내렸다. 누군가가 다가오고 있었다. 조금 더 걷는 속도를 높였다.

관심 없다는 듯, 바쁘다는 듯, 휴대폰 위로 분주히 손가락을 움직이면서.

— 어디야?

— 박태민이 또 또라이 짓 하려는가 봐.

— 조심해.

뒤늦게 확인한 민아의 메시지는 원호네 집으로 한참 걸어가고 있던 시간대에 도착한 것이었다. 두 번째 메시지와 세 번째 메시지 사이에는 몇 분의 간격이 있었다. 나래는 그 몇 분간 민아의 손끝을 오갔을 마음들을 알 것만 같았다. 나래를 걱정하는 민아의 마음은 분명히 진심이었다. 조금 어색하고 창피한, 그렇지만 틀림없는 진짜 마음.

그리운 느낌이었다.

"거기 서 봐, 학생!"

나래는 자판을 두드렸다.

― 고마워.

나는 이제 괜찮아. 정말, 더 괜찮아진 것 같아.

숨을 크게 들이마셨다. 기다렸다는 듯이 액정 속의 시계가 예정된 시각을 가리켰다. 원호가 마지막 확인 메시지를 보냈다.

― 시작?

― ㅇㅇ

답장을 보내고, 나래는 고개를 반짝 들었다. 바로 코앞에 서 있던 남자와 눈이 마주쳤다.

"역시, 너 아까 개 맞지?"

남자의 손이 나래의 어깨를 우악스럽게 움켜쥐었다. 그 순간이었다.

삐익―! 고막을 찢는 듯한 하울링이 운동장 전체에 쩌렁쩌렁하게 울려 퍼졌다. 대비하고 있던 나래마저도 비명을 지르고 말 정도의 소음이었다. 남자가 귀를 막으며 뒤로 물러났다.

"안녕하세요, 여러분!"

볼륨을 어마어마하게 높인 스피커에서 원호의 목소리가 흘러

나왔다. 소리로 몸을 얻어맞는 느낌이었다. 원호는 정말로 신이
난 목소리였다.

"정말 멋진 밤이에요, 그죠? 이 마이크 성능 정말 좋네요! 역시
시설 좋은 학교가 최고야! 미성중은 반성해라!"

학교 이름을 저렇게 말해도 되는 걸까? 나래는 급히 머리를
저어 쓸데없는 고민을 털어 냈다. 그리고 달리기 시작했다. 남자
가 어어 소리를 내며 팔을 뻗었지만 그 손은 나래의 패딩을 아슬
아슬하게 스쳐 지나갔다. 저만치에, 아까 팽개쳐 놓은 자전거가
보였다.

"저희가 데리고 있는 아기가 어디 있는지 다들 궁금하시죠?"

사람들이 제일 궁금해할 주제였다. 모두가 본능적으로 본관
쪽을 향해 고개를 돌렸다. 원호가 만들어 낸 그 몇 초의 순간 동
안, 나래는 온몸을 웅크리고 전력질주했다. 이것이 원호의 계획
이었다. 계획대로 되고 있었다. 정말로 사람들은 아직까지 나래
가 원호의 패딩 안쪽에 보보를 숨기고 있을 것이라고는 생각하
지 못하고 있었던 것이다. 하지만 들키는 것도 시간문제다.

"사실 지금 제 무릎 위에 있는데요! 여러분께 목소리 한번 들
려드려야겠죠? 자, 보보. 인사해야지! 아, 잠깐만. 응? 어서."

저런 헛소리로 관심을 길게 끌 수 있을 리가 없으니까. 그래도

몇몇한테는 통하고 있었다. 안으로 들어가야 한다며 실랑이하는 사람들이 나타났던 것이다. 원호의 말을 믿는 사람들과, 믿지 않는 사람들이 뒤엉키며 대혼란이 벌어졌다. 나래는 그 사이에 자전거까지 도달할 수 있었다.

윽, 소릴 내며 힘겹게 자전거를 일으키고 발 하나를 걸쳤다. 원호는 그 사이에도 실없는 입담으로 사람들을 잡아 두고 있었다. 상황을 보니 보안 장치에 걸려 있던 사람들도 정신을 차리고 원호 쪽으로 몰려든 것 같았다.

아랫입술을 꾹 깨물고, 나래는 한쪽 페달을 꽉 밟았다. 앞에 아기띠까지 메고 중심을 잡기가 쉽지 않았다. 하지만 자전거는 비틀대면서도 교문을 향해 나아갔다. 드디어 교문을 통과하려는 그 시점에, 나래의 얼굴이 새파랗게 질렸다. 나래는 급히 브레이크를 잡았다. 길은 쭉 뻗어 있었다. 한 군데 휘어짐도 없이 일직선으로 뻗은 길은 금방이라도 곤두박질칠 것처럼 경사가 가파른 내리막길이었다.

눈앞이 새하얗게 변하더니 현기증이 일었다. 나래는 평지에서 코너링하는 것도 버거워할 만큼 자전거에는 서툴렀으니까. 할 수 있다고, 해야 한다고 생각하고 세운 계획이었지만 실제로 몸에 와 닿는 공포심은 상상 초월이었다.

이 정도일 줄은 몰랐는데, 목적지까지 향하는 길은 거의 낭떠러지처럼 보였다.

"쟤는? 쟤도 잡아 놔야지!"

그럴 줄 알았다. 나래는 얼른 뒤를 돌아보았다. 자기를 잡으려고 세 명이 달려오고 있었다. 핸들을 쥔 나래의 손이 덜덜 떨렸다.

＊

복도가 술렁였다. 역시 방송 소리가 자극이 컸던 것일까? 보안장치에 걸려 있던 사람들이 정신을 차리고 있는 것 같았다. 원호는 의자에서 일어나 문으로 다가갔다. 아까 유리창을 깨고 손을 넣어 문 잠금장치를 안쪽에서 열었기 때문에 창문이 휑했다. 찡가 일행도 같은 방법으로 얼마든지 이쪽으로 들어올 수 있을 것이다.

안 될 일이었다. 이 방송은 절대 중단되어선 안 된다.

"우리 보보가 말을 하기 싫다네요."

마이크를 끌고 다니며, 원호는 방송실을 빙빙 돌았다.

윤나래는 잘하고 있겠지? 아무래도 자기보다는 잘하고 있을 게 분명했다.

주변을 두리번거리던 원호는 방송실 한가운데 있던 긴 탁자를 끌고 와서 문 앞에 세웠다. 열 명은 마주 보고 앉을 수 있을 법한 크기에 꽤 무거웠다. 하지만 그것만으로는 부족한 것 같아, 원호는 그 앞에 또 사방에 굴러다니는 의자와 박스들을 마구잡이로 쌓았다. 꽤 그럴싸한 바리케이드가 완성되었다. 적어도 시간 끌기 정도는 할 수 있을 것 같았다.

곧 문이 부서져라 흔들리기 시작했다.

"이거 열어! 당장 열지 못해!"

"어어, 손님이 오셨나 본데요. 아기들은 낯선 사람 싫어하는데 이걸 어쩐다? 아저씨, 좀 이따 와 주시면 안 돼요? 저 지금 중학생 채널 최초로 외계인이랑 단독 인터뷰하려는 참인데, 방송에 방해되잖아요!"

이참에 개인 채널 홍보도 해 봐도 되지 않을까? 분명히 이 방송, 바깥에서 제대로 찍고 있다면 실시간으로 전 세계에 송출되고 있을 텐데.

"하, 이러다 진짜 스타되겠구만."

나는 뮤지션 지망인데. 장르 다른데.

원호가 마이크에서 입을 떼고 혼잣말을 중얼거렸다. 바깥에서는 발악을 하고 있었다. 성인 여럿이서 힘을 합치니 그 큰 탁자도 흔들리고 있었다. 원호도 안쪽에서 탁자를 밀며 버텼다.

데스크 위쪽의 시계는 어느덧 두 번째 약속 시간을 가리키고 있었다. 더 이상은 헛소리로 시간 끌기도 무리다. 원호는 마이크를 굳게 움켜쥐고 외쳤다.

"보보 선생님!"

바깥쪽이 웅성거렸다. 원호는 분명히 그들이 알 수 없는 누군가를 부르고 있었던 것이다. 원호는 눈을 질끈 감았다.

"보보 선생님! 듣고 계세요? 보보는 잘 있어요!"

이젠 시간이 없었다.

"그런데 보보는 학교는 다니기 싫은가 봐요! 그렇지, 역시 어린애들은 뛰어노는 게 제일이죠. 이런 데 말고! 보보가 좋아하는 참새랑 은행나무 잔뜩 있는⋯⋯!"

제발 알아들어 줘요.

"공원 같은 데서요!"

제발 보고 있어 줘.

탁자가 의자와 상자들을 밀어젖히고 우당탕 소리를 내며 쓰러졌다. 얼굴이 시뻘겋게 달아오른 쩡가가 숨을 몰아쉬며 문 안으로 들어왔다. 부릅뜬 두 눈 속에는 분노가 담겨 있었다. 바로 옆에 카메라맨이 서 있었다. 카메라만 없었다면, 자기는 더 곤란한 상황에 처했을지도 모르겠다고 원호는 생각했다. 찡가가 최대한의 침착함을 가장하고 입을 열었다.

"무지개, 어디⋯⋯?"

원호가 두 손을 들어 보였다. 당연하게도 마이크 하나 빼고는 완전히 빈손. 데스크 앞에 놓인 의자에는 웬 코트 한 벌만 얌전히 걸려 있을 뿐이다. 보석을 만드는 보석 눈의 외계인은 어디에도 없었다. 찡가의 얼굴에 놀라움과, 황당함과, 분노가 차례대로 스쳤다. 과연 '선생님'의 보안 장치는 대단하다. 저 사람은 그 장치 속에서 어떤 질풍노도의 학생 시절을 반복하고 왔길래 저토록 넋이 나가 있을까. 평소의 찡가라면 이게 함정이라는 것쯤 진즉에 눈치챘을 텐데. 원호는 궁금해졌다.

"나가자!"

사람들이 우르르 썰물처럼 빠져나갔다. 원호 따위한테는 더 이상 볼일이 없다는 듯이. 난장판이 된 방송실 한가운데 우두커니 서 있던 원호가 그제야 거친 숨을 몰아쉬었다.

무서웠다. 사실 무서웠다. 무섭지 않을 리가 없잖은가.

휘청휘청 데스크로 다가간 원호는 주먹을 꾹 쥐고 다시 숨을 가다듬었다. 아직 끝나지 않았다. 아직 윤나래는 저 아수라장 한복판에 있었다. 그리고 그는 나래를 위해 해야 할 일이 있었다.

아니, 오히려 지금부터가 원호에게는 하이라이트였다. 그들 모두를 위한 하이라이트.

원호의 손이 버튼 하나를 꾹 눌렀다.

*

"공원 같은 데서요!"

원호의 목소리가 울려 퍼졌다. 이젠 모든 것이 나래의 손에 달려 있었다. 나래는 품 안의 보보를 내려다보았다.

"학생, 거기 서! 가만히 있어!"

보보는 눈을 동그랗게 뜨고 고개를 갸웃하고 있었다. 해맑은 눈이었다. 한 번도 상처받은 적 없는 눈. 상처를 받은 줄도 모르는 눈. 자신이 어떤 절박한 상황에 처해 있는지 전혀 이해하지 못하는 그 순진무구한 눈동자는 오직 나래를 향한 걱정으로 가득 차 있었다.

괜찮아?

아파?

"난 괜찮아, 보보. 그리고 너도 괜찮을 거야."

브레이크에서 손을 떼고 땅을 박찼다.

둥둥둥— 드럼이 이끄는 전주가 시작되고 있었다. 쿵쿵쿵— 가슴을 직접 때려 대는 듯한 그 울림이, 나래의 등을 떠밀었다. 온몸이 앞으로 훅 기울어졌다. 나래는 이를 악물었다.

똑바로 맞부딪히는 바람에 후드가 벗겨지더니 귓가에 깃발이 펄럭이는 듯한 요란한 소리가 울려 퍼졌다.

하지만, 무섭지 않았다.

정체 모를 희열이 가슴속에 차올랐다.

전주가 끝나 간다. 원호가 노래를 시작했다.

"나에겐, 소원이 하나 있지……!"

나래는 풉 하고 웃음을 터뜨리고 말았다. 송원호, 이런 때에도 결국 마이크를 들고 마는 송원호!

"아무도 관심 없는 나의 소원, 나의 꿈, 아무도 모르는 나의 이름."

나래는 뒤에 이어질 가사를 알고 있었다. 말라붙어 갈라진 나래의 입술이 살짝 벌어졌다.

"친구야, 오늘은 내 말을 들어 볼래."

"친구야, 오늘은 내 말을 들어 볼래."

"보애!"

보보가 까르르 웃으며 외쳤다. 이 곡은 누가 뭐래도 보보가 가장 좋아하는 노래였다.

기타가 화려한 기교를 섞으며 끼어들고 키보드가 풍성한 화음을 겹쳐 쌓았다.

나는 너보다 공부도 못하고

나는 너보다 운동도 못하고

나는 너보다 춤도 못 추지.

웃지 마, 그래. 나는 노래도 못 불러.

나래는 그 구절에서 푸하하 웃음을 터뜨렸다. 송원호는 정말 천재인지도 몰라. 이 구절에서 특히 더 음정이 틀리는 것도 의도한 것일지도 몰라.

방송을 보고 있을 사람들 표정이 궁금해졌다. 우리는, 나랑 보보는 이렇게 신나는데!

넌 나보다 똑똑하고, 빠르고, 친구도 많겠지.

모두가 너에겐 친절하고 다정하게 웃어 주겠지.

하지만 말야.

"내게도."

내게도,

소원이 하나 있어.

전속력이다. 한 번도 달려 본 적 없는 속도로 나래와 보보는 밤의 한가운데를 질주했다. 주변의 풍경이 현실감 없이 획획 눈가를 스치고는 뒤로 훌쩍 날아갔다. 하지만 덜컹대는 자전거가, 아스팔트 도로에서 핸들로 전해져 온몸을 떨리게 하는 진동은, 사무치도록 생생한 진짜였다. 그러니 나래의 목소리가 떨리는 것은 두려움 때문이 아니었다. 나래는 목소리를 높였다.

크게. 당당하게. 송원호가 그렇게 하듯이.

"언젠가는 누군가 내 이름을 물어 주기를. 그리고 웃어 주기를. 너 정말 멋져! 넌 정말 대단해! 더 높이, 더 크게, 계속해 불러 주기를."

시린 맞바람이 나래의 이마에서 식은땀을 닦아 내고는 눈앞을 가리는 긴 머리칼을 이마 뒤로 쓸어 넘겨 주었다.

"여러분! 노래 어떠세요? 제 채널 홍보 좀 할게요. 주소는……."

그래, 원호야. 굉장한 홍보다!

이제 반복되는 파트.

하지만 말야, 내게도 소원이 하나 있어. 언젠가는, 누군가 내 이름을 물어 주기를. 그리고 손잡아 주기를. 괜찮아 잘했어. 넌 정말 대단해! 한 번 더, 또 한 번 더, 오늘도 말해 주기를.

"어어! 나래야! 들린다! 왔어! 왔다고!"

저 바보! 이런 데서 이름 막 부르면 어떡해!

하지만 너무 기뻐서 숨을 쉴 수조차 없었다. 고개를 들어서 하늘을 바라보았다. 아무것도 보이지 않았지만, 원호를 믿었다. 그들은 나래와 보보를 지켜보고 있을 것이다. 공원이 눈에 들어온다. 이제 곧이다.

"보보, 있잖아."

나래는 코를 훌쩍였다.

"나는 겁쟁이야. 나는, 울지 않으려고 항상 숨고, 달아나고, 사과하고, 웃었어."

"보……?"

"내 세상은 너무 무서웠거든."

평소 같았으면 이쯤에서 눈물이 솟았을 텐데 웬일인지 지금은 웃음이 나왔다. 이것도 바람 덕일까. 나래는 보보의 이마에 짧게 입술을 댔다.

"넌 정말 대단해. 넌 지구를 제대로 탐험한 하나뿐인 외계인일 거야. 은행잎 예쁘지? 미래 아파트 단풍은 원래 유명했거든. 나무가 많아서 새들도 많아. 참새도 예쁘지만, 다른 산새들도 많이 내려와. 본 적 있어?"

"보?"

"고마워. 이곳을 좋아해 줘서."

가슴이 터질 것 같았다.

"고마워. 우리를 좋아해 줘서. 나도, 나도 좋아하려고 해 볼게. 노력할게."

하늘에서 푸른 빛줄기가 쏟아져 나래의 머리 위를 비추었다. 마치 스포트라이트처럼. 번뜩 카메라 플래시가 터진 것처럼 하늘이 빛나더니 유선형의 비행체가 모습을 드러냈다. 그것은 나래가 상상했던 그 무엇과도 닮지 않은 모습이었다. 나래는 그것을 묘사할 그 어떤 단어도 떠올릴 수 없었다. 하지만 분명히 알 수 있었다. 그 속에, 보보를 애타게 기다리던 누군가가 타고 있음을.

"이제 집에 가자, 보보."

나래는 몸이 천천히 떠오르는 것을 느꼈다. 속도감도 중력도 사라지며 모든 것이 희미해졌다. 주변의 풍경이 흐릿하게 일그러지더니 녹아내리듯 사라졌다.

어느 순간, 자전거도 사라지고 없었다. 길도, 가로수도, 바로 코앞이던 공원도 없었다.

나래는 눈을 깜박였다. 그녀가 서 있는 곳은 모래사장이었다. 진주를 갈아 놓은 듯 오색 빛깔로 은은히 빛나는 고운 모래알이 끝없이 펼쳐진 모래사장. 그리고 저편에, 새하얀 빛무리가 동그랗게 뭉쳐서 떠 있었다. 부드럽게 일렁이는 빛의 끝자락은 밤하늘의 오로라를 연상시켰다. 아름답다. 그렇게 생각하는 순간 빛무리가 푸른 원피스를 입은 보보의 선생님으로 바뀌었다. 그녀는 나래와 보보를 향해 뛰어오고 있었다.

나래는 얼른 아기띠를 풀고 보보를 바닥에 내려 주었다. 비틀거리며 몇 걸음 걷던 보보가, 선생님을 발견하고는 환호성을 질렀다. 그리고 그녀를 향해 두 팔을 활짝 벌리고 뒤뚱뒤뚱 걸어갔다.

"어?"

"응?"

어느새 등 뒤에 원호가 와 있었다.

"여긴 어디냐? 나 분명히 방송실에 있었는데."

"좀 조용히 해 봐."

보보가 선생님의 품에 와락 뛰어들었다. 그녀는 보보를 꼭 껴안고 그 얼굴에 몇 번이고 입을 맞추었다.

보보는 그 품에 안긴 채 뭐라고 한참을 옹알거렸다. 그녀는 고개를 몇 번이고 끄덕이더니 보보를 내려 주었다.

보보가, 다시 원호와 나래에게로 달려왔다. 원호와 나래는 깜짝 놀라고 말았다. 달려온다고 해 봤자 아기 걸음이었기에 몇 번이고 넘어질 뻔해서 원호와 나래가 달려가 보보를 잡아 주었다. 셋은 서로를 꼭 끌어안았다.

"잘 가, 보보. 앞으론 선생님 손 꼭 잡고 다녀."

원호가 보보의 머리를 쓰다듬었다.

"건강해야 해."

나래도 보보를 꼭 껴안고는 놓아주었다. 그제야 보보는 만족스럽다는 듯 웃더니 얼굴을 내밀었다. 원호와 나래의 뺨에 말랑하고 따뜻한 볼을 한 번씩 부비고, 보보는 선생님의 품으로 돌아갔다.

선생님, 아니 선생님이라고 부르는 게 맞을까? 푸른 옷의 여자가 나래와 원호를 향해 깊이 고개를 숙였다. 나래와 원호도 허둥지둥 마주 고개를 숙였다. 머리를 드니 손을 한들한들 흔들고 있는 보보가 보였다.

이젠 정말 작별이다. 마른 줄 알았던 눈가가 촉촉해졌다. 고작 반나절을 함께했을 뿐인 사이라는 게 믿기지 않았다. 나래가 팔을 크게 흔들며 외쳤다.

"잘 가, 보보! 잘 가!"

보보의 눈가가 동그랗게 휘었다.

분명히 저 얼굴은 영원히 잊지 못할 것이라고, 이 순간을 평생 기억하게 될 것이라고, 나래는 그렇게 생각했다. 잘 가. 잘 지내. 내 작은 친구야.

원호도 입 앞에 손을 모으고 외쳤다.

"오빠랑 언니 잊지 마라!"

그리고 얼른 덧붙였다.

"오빠 노래도! 그거 네가 나중에 불러서 히트 치더라도 원곡은 내 거야!"

눈앞이 한순간에 무지갯빛 오로라로 가득 차더니 보보도, 보보의 선생님도 더 이상 보이지 않았다. 원호도 나래도 알 수 있었다. 그것이 그들의 본래 모습이라는 걸. 아무도 아무 말도 하지 않았지만, 그것은 정말로 눈부시게 아름다웠다.

얼마나 시간이 흘렀을까, 굳이 그 타이밍에 전우주적인 홍보를 해야 했냐고 핀잔을 주려던 나래가 으아악 비명을 질렀다. 갑자기 무시무시한 속도감이 닥쳤던 것이다. 아직 자전거 위였다. 두 손은 핸들 위였다. 뭐가 어떻게 된 건진 모르겠지만 그랬다.

"으아아! 브레이크! 브레이크!"

뒷자리엔 송원호까지 타고 있었다. 도대체 왜 얘가 여기 타고 있는지 알 수가 없었지만 아무튼 그랬다.

나래는 있는 힘껏 브레이크를 당겼다. 무지막지하게 가속이 붙은 자전거는 쉬이 멈출 기세가 아니었다. 결국 자전거는 공원 초입의 주차 방지턱 사이를 아슬아슬하게 통과해서 한참을 더 달려 나간 후에야 풀숲에 처박히다시피 하며 멈춰 섰다.

"허, 허헉……."

"사, 살았다. 살았지? 우리?"

확신이 없었다. 둘은 비틀대며 자전거에서 내리고는 바닥에 털썩 주저앉았다. 아니, 주저앉자마자 뒤로 벌렁 드러누워 버렸다. 차가운 보도블록 위가 침대마냥 편안했다.

수송선 같은 것은 보이지 않았다. 그저 새까만 하늘 위로 도넛에서 떨어진 설탕 알갱이 같은 별들만 잔뜩 흩뿌려져 있을 뿐. 좀 전의 일들이 모두 거짓말인 것만 같았다. 거친 호흡에 새어 나온 입김이 하얗게 부서지며 별들 사이로 흩어졌다.

"무지개 말이야."

원호가 말했다.

"응."

나래가 헐떡이며 겨우 대답했다.

"잘 갔겠지?"

"그렇겠지?"

"좋은 곳을 찾았으면 좋겠다."

나래가 고개를 끄덕였다.

"찾을 수 있을 거야."

해낼 수 있을 거야. 아무리 늦더라도 언젠가는.

사방이 파랗고 빨간 빛으로 번쩍이며 사이렌 소리가 울려 퍼졌다. 경찰들도 몰려들고 있는 모양이었다. 경찰뿐일까, 수많은 사람들이 이곳으로 몰려들고 있을 것이 분명했다. 나래가 불쑥 내뱉었다.

"우리, 잘한 것 같아."

원호가 누운 채로 고개를 돌려 나래를 쳐다보았다. 나래는 계속 하늘만 바라보고 있었다.

"당연하지. 우린 오늘 최고였어."

원호가 잠시 망설이더니 덧붙였다.

"그런데 말이야……."

"여기 있었군."

불쑥 누군가가 얼굴을 들이밀었다. 원호와 나래가 소스라쳐서 벌떡 일어났다. 찡가였다. 그는 흐트러진 앞머리를 쓸어 올리며 숨을 가다듬더니, 마이크를 들어 올렸다.

"여러분, 여기 그 친구들이 있네요. 무지개와 접촉한 마지막 지구인이에요. 이야기를 좀 들어 볼게요."

그의 눈은 형형하게 빛나고 있었다. 이게 그의 마지막 기회였다. 방송실에 무지개가 없다는 것을 알게 된 후, 여자애를 쫓으러 무작정 달리던 그는 허공에서 푸른 빛 줄기 두 개가 내리막길을 달리던 자전거와 자신이 떠나온 방송실 두 군데를 비추다가 혹 사라져 버린 것까지는 찍을 수 있었다. 그것만으로도 굉장한 영상이건만 시청자들은 그것으로 만족하지 못했다. 찡가는 그가 미리 은근히 흘려 잔뜩 기대하게 만들어 놓았던 '휘황찬란하게 빛나는 우주선', '우주선 속에서 모습을 드러내는 무지갯빛 외계인', '외계인이 흩뿌리는 산더미 같은 보석'을 찍어 내지 못했던 것이다. 댓글 창은 불만으로 폭주 중이었다. 이젠 빛줄기가 사라지자마자 다시 나타난 이 두 아이들에게 상황을 들을 수밖에 없었다.

이 사람, 제정신이 아닌 것 같다. 나래와 원호는 눈빛을 교환하고는 급히 몸을 돌렸다. 찡가가 나래의 손목을 거칠게 잡아챘다.

"어딜 가!"

"이거 놔요!"

찡가는 나래의 팔을 마구 흔들어 댔다. 원호가 이를 악물고 찡가의 팔을 붙잡았다.

"무슨 짓이야!"

"보세요, 여러분. 이 학생들은 왜 이렇게 거부감을 보이고 있을까요? 혹시 우주선 안에서 저희가 알지 못하는……."

찡가가 바닥에 엎어진 것은 바로 그 순간이었다. 나래와 원호는 두 눈을 휘둥그렇게 뜨고 찡가 뒤에 서 있던 누군가를 쳐다보았다. 나래가 더듬더듬 입을 열었다.

"어, 엄마?"

"당신 뭐야! 우리 애한테 무슨 짓이야!"

"이, 이 아줌마가! 아줌마 뭐야!"

당황한 찡가의 입에서 욕설이 쏟아져 나왔다. 나래 엄마는 이를 악물더니 다시 한 번 들고 있던 핸드백으로 찡가의 뒤통수를 후려치기 시작했다.

"나! 애! 엄마야!"

카메라맨이 몸을 돌리더니 그 모든 장면을 화면에 가득 차게 찍기 시작했다. 아니, 찍으려 했다. 그때 그의 어깨에 누군가가 손을 턱 올렸다.

"그거 끄시죠."

"어, 아빠……? 엄마?"

원호는 그저 엄마 아빠가 반가웠다.

갑자기 호루라기 소리가 들리더니 경찰 두 명이 뛰어왔다. 거기 멈추세요! 어서 오세요, 경찰 아저씨! 여기 이 인간 좀 잡아가세요. 아니, 저 아줌마가 저를 때렸다구요! 고소하겠어요! 저도

요! 다들 그만하세요. 잠깐만요!

아수라장이 따로 없었다.

웃기게도 오히려 나래와 원호는 그 폭풍 같은 혼돈의 한가운데에 우두커니 남겨져 있었다. 두 사람은 지독하게 현실감 없는 하루라는 생각이 들었다.

원호가 시계를 들여다보고는 멍하니 중얼거렸다.

"많이 늦었다."

나래가 흠칫 어깨를 떨었다. 나래의 눈이 경찰 옆에 서 있는 엄마 쪽을 향했다. 엄마는 경찰에게서 무슨 훈계인가를 듣고 있었다. 하지만 정말 듣고 있는지 의문이었다. 계속 나래 쪽만 바라보고 있었으니까. 그러면서도 나래와 눈이 마주치려 할 때마다 움찔하며 바닥으로 시선을 내렸다.

나래가 고개를 숙였다.

"응. 이제 갈 시간이지."

그러고는 말이 없었다. 나래는 또다시 예닐곱 가지는 되는 길을 계산해 보고 있는 모양이었다. 원호에게는 고민에 고민을 반복하는 그 모습이 이제는 낯설지가 않았다. 오히려, 그것이 나래다운 모습이라는 생각이 들었다.

원호는 가만히 기다렸다. 누군가는 그것이 느리다고, 답답하다고, 짜증 난다고 할지도 모르지만 원호는 생각했다. 그런 것 말고, 윤나래에겐 더 잘 어울리는 말이 있었던 것 같은데. 뭐였더라, 그게. 그래.

신중하다.

이렇게 어려운 단어를 떠올리다니 원호는 자신이 좀 자랑스러워졌다. 나중에 말해 줘야지. 꼭.

긴 한숨을 내쉰 나래가 이윽고 고개를 들었다. 안경 너머의 눈은 어떤 큰 결단이라도 내린 듯 빛나고 있었다.

"집에 가자. 우리도."

나래가 환하게 웃었다.

에필로그

흰 화면 위에서 커서가 소리 없이 깜박였다. 방 안은 한겨울 이른 아침의 냉기로 조금은 쌀쌀했다. 뜨거운 보리차가 담긴 잔에 따뜻하게 데운 손으로, 타닥타닥 키보드를 두드려 나갔다.

안녕, 보보.

나래 언니야. 잘 지내고 있지? 아마 아주 잘 지내고 있을 거야. 이유는 모르겠지만 말이야, 네가 곤란해하고 있는 상황 자체가 상상이 되질 않는다? 널 생각하면 늘 마음이 편안해지고 웃음이 나와. 가끔은 어쩌면 네가 우주에서 텔레파시 같은 것을 보내고 있는 게 아닐까 생각할 때도 있어. 웃기지? 나도 그래.

그곳 날씨는 어때? 여기는 지금 눈이 내리고 있어. 눈은 낮은 기온 때문에 공기 중의 수증기가 얼어붙어 하얗게 뭉쳐서 땅으로 떨어지는 거야. 이렇게 말하니 전혀 멋지지 않은데 눈 내리는 모습은 굉장히 근사해. 네게도 보여 주고 싶어. 지금 내 방 창문에서 보는 풍경도 꽤 멋져. 온 세상이 새하얀 이불을 뒤집어쓰고 있는 것처럼 보이거든. 아니, 생각해 보니 보보 너도 당연히 아는 풍경이겠다. 네가 지구의 눈처럼 신기한 볼거리를 놓쳤을 리가 없잖아? 다시 보고 싶지? 오늘 눈은 완전히 함박눈이야.

원호도 잘 지내고 있어. 널 엄청 보고 싶어 해. 너 가기 전에 함께 제대로 사진이라도 찍어 놓을 걸 그랬다고 얼마나 후회했는지 몰라. 그러게 말이야. 그때는 마음만 급해서 우리 계속 정신없이 달리기만 했던 것 같아. 너한테 설명도 제대로 안 해 주고 말이지. 얼마나 답답하고 무서웠을까? 그래도 넌 계속 우리한테 웃어 주고, 춤도 추고, 노래도 같이 불러 주었잖아? 난 절대 그렇게 못했을 텐데. 여러 번 말하는 것 같은데 넌 정말 대단한 아이야. 널 위해서이긴 했지만, 네가 없었다면 나는 아무것도 해내지 못했을 거야. 사진이 하나 있긴 하더라. 원호가 널 처음 만났을 때 찍었던 것 있잖아, 우리 모두 엄청 어색한 얼굴인데 그래도 네 얼굴을 볼 수 있어서 좋아. 원호가 프린트해 줘서 책상 정면에 붙여 놓고 자주 들여다봐.

지금도 보고 있어, 보보. 응. 지금도 보고 있어.

보고 싶다, 보보야.

사실 그 하루가 아직도 꿈처럼 느껴져. 너 가고 나서 일주일을 꼬박 아팠어. 머리, 어깨, 팔다리, 허리, 안 아픈 데가 없더라고. 열도 많이 나서 침대 밖으로 나오질 못했다? 눈만 떴다가, 감았다가, 잠들었다가 깼다가 그랬어. 어쩌면 우리가 겪은 모든 일들이 열에 들떠 꾼 꿈속의 일들인지도 모르겠다 싶었지.

하지만 아니었어.

세상이 참 떠들썩하더라. 일주일이나 지났는데도 아직도 뉴스에선 우리 얼굴과 이름이 나오고 있었어. 아직 꿈이 덜 깼구나 생각했어. 말도 안 되는 일이잖아? 내가 뭐라고 저렇게 다들 나에 대해 궁금해하냐고. 민아는 인터뷰도 했더라. 나랑 친해서 나에 대해 잘 아는데 난 정말 착하고 똑똑하고 책임감 있는 애래.

음……. 기분이 나쁘진 않았어. 사실, 조금 기쁘기도 했어. 바보 같지만.

태민이도 갑자기 다른 사람이 된 것처럼 TV에서 우리 칭찬을 해대던데 얼마나 놀랐는지 몰라. 원호를 꽤 집요하게 따라다니면서 사과 비슷한 걸 하는 중인가 봐. 의도한 건 아니지만 우리가 유명인이 되어 버렸으니, 태민이도 걱정이 좀 됐나 보지. 자기가 잠깐 어디에 홀렸던 것 같다면서 어쩌면 그것도 외계인의 기운 때문일지도 모른다나? 어이없는 말이지만 우리한테 해코지할 마음은 없는 것 같으니 걱정 하나는 덜었지 뭐야.

나는 집에서 못 움직여서 별일 없었지만 원호는 꽤 곤란했던 모양이야. 학교 오갈 때마다, 아니, 심지어는 집 앞에도 기자들이 진을 치고 원호를 찍어 대더라고. 아, 원호 달리기 잘하더라. 어찌나 날쌔게 도망 다니던지……. 너도 그걸 봤어야 하는데. 하루 종일 우리 이야기가 나오는데, 하지만 화면 너머로 보는 이야기들은 다 현실감이 없었어. 영화 같았달까? 와, 저 배우 정말 나랑 닮았군. 이야기는 좀 촌스러운데?

그러다 내 휴대폰에 들어온 메시지를 보고서야 이 모든 게 현실이라는 걸 깨달았어.

— 살아 있냐?

송원호였지.

— 살아 있으면 나도 좀 살려 줘.

웃음이 나오더라. 응. 정말 살려 달라는 소리가 절로 나오게 쫓겨 다니고 있었잖아. 나 누군가한테서 이런 메시지 받는 것 너무 오랜만이었어. 너무…… 너무 오랜만이라, 그래서 그 일이 진짜로 있었던 일이구나 깨닫게 되었어. 정말 우리가 그 자리에 함께 있었던

게 맞구나. 하고 말이야. 그러니까, 그렇다면, 네가 그렇게 행복해하며 선생님 품에 꼭 안겨서 떠나간 것도 사실이 맞을 거야. 그치?

요새도 가끔 꿈을 꿔. 널 놓치는 꿈. 널 그 사람들한테 빼앗기는 꿈. 우리가 너무 늦어 버려서, 수송선이 그냥 떠나 버려서 너 혼자 남겨지는 꿈. 우리는 우는 너를 사이에 두고 어쩔 줄 몰라 하며 서 있어. 어떤 때는 울고 있는 네가 내 얼굴을 하고 있을 때도 있어.

나는 내가 왜 이런 꿈을 꾸는지 알아. 어쩌면 나는 널 나와 겹쳐 보고 있었을지도 몰라. 나는…… 남들이 보면 배부른 고민이라고 할지도 모르지만, 엄마와의 관계가 좀 힘들었거든. 그래서 늘 혼자라고 생각했던 것 같아. 지금은 어떠냐고? 음, 삶은 드라마가 아니지. 드라마 속에선 상처 입은 사람들이 위기를 겪고 나서 서로를 껴안고 펑펑 울면서 자기 죄를 고백하잖아? 감동적인 음악이 깔리고, 은은한 조명도 깔리고. 주변 사람들도 눈시울을 적시고. 그리고 막 다음 날부터 희망찬 하루가 시작되면 모두가 행복해지지. 하지만 그건 픽션이니까 가능한 일 아닐까? 우리에게 그런 극적인 기적은 일어나지 않았어. 그래도, 우린 오랜만에 이야기라는 걸 나눠 본 것 같아. 그 이야기는 매일 계속되고 있어. 조금씩 더 많이. 조금씩 더 자주. 사실 시시한 이야기들뿐이야. '오늘 저녁 뭐 먹을래'라거나, '어느 예능 프로가 요새 인기 있다더라' 같은, 그런 이야기. 그런 이야기부터 출발하고 있어. 언젠간 더 깊은 곳에 있는 이야기를 꺼내볼 수도 있을 거야. 우린 그때를 기다리고 있어. 일단 지금은 엄마가 고소당한 문제를 해결하는 게 우선이야. 으이그, 찡가 그 사람은 어떻게 자기가 그런 짓을 하고도 우리 엄마를 폭행죄로 고발할 수가 있을까?

아, 벌써 시간이 이렇게 되었네. 너무 내 이야기만 늘어놓은 것 같아 미안해. 그치만 너도 궁금했을 거라고 믿어. 앞으로도 계속 소식 전해 줄게. 정말 네게 이 편지가 닿을 수 있을지는 모르겠지만, 믿으려고 해. 난 이 편지를 미래 아파트 1단지 관리실로 부칠 생각이야. 그곳 경비 할아버지께선 우리에게 도움을 주실 만한 주민 분을 알고 계실 것 같거든. 그분들 중엔 지구인들은 모르는 방식으로 아직 너희와 소식이 닿는 분도 있을 수 있겠지.

그리고, 이건 그냥 내 상상이지만 말이야, 언젠가 네가 다 자라면, 옛날에 좋아했던 이 지구를 한 번쯤 구경하러 올 수도 있지 않을까? 우리를 기억하고 찾아 주지 않을까? 혹 시간이 너무 흘러 우리가 모두 잊혀진 뒤에라도, 어떻게든 남겨져 있다면 그때 이 편지라도 네게 전해질 수 있지 않을까? 그랬으면 좋겠다. 정말 그랬으면 좋겠다, 보보.

이제 가 봐야 해. 벌써 등교 시간이야. 오늘은 아주 특별한 날이니 다녀와서 또 편지 쓸게. 할 이야기가 아주 많아질 것 같아. 벌써 기대가 돼.

　이따 만나, 보보.

　날 응원해 줘.

＊

"없어?"

"없다니까. 너 완전 한물갔어. 이제 아무도 네 못생긴 얼굴 같은 거 찍으러 안 온다고."

"정말이지?"

"왜? 좀 아쉬워?"

"아아니! 전혀!"

원호가 치를 떨며 대답했다. 원호 엄마는 빙긋이 웃으며 현관에서 물러나 주었다. 원호는 운동화를 대강 구겨 신고 문을 나섰다. 과연 엄마 말대로 이제는 카메라나 마이크를 마구 들이대던 기자 비슷한 사람들은 하나도 보이지 않았다. 어제까지만 해도 한 명 정도 남아 있더니 오늘로 드디어 도망자 생활도 끝난 모양이었다.

사람에게 주목받는 일은 마냥 신날 줄 알았는데, 그것도 아니었다. 처음 이틀은 스타가 된 기분이었는데 사흘째부터는 귀찮아지더니 나흘째부터는 그런 관심이 아예 무서워지기까지 했던 것이다.

자신이 원한 건 뮤지션 송원호로서의 관심이었다. 무지개 최후의 목격자 송원호가 아니라.

원호는 부르르 몸을 떨고는 어깨를 폈다. 세상이 온통 새하얗게 물들어 있었다. 간밤에 눈이 온다고 듣긴 했는데 근래 보기 드문 폭설이었다. 난간에 두툼하게 쌓인 눈을 한번 쓸어 보고서, 원호는 씩 웃었다.

크리스마스이브에 딱 어울리는 날씨였다.

그의 자작곡을 정식 공개하기에도 이보다 더 좋은 날이 있을 것 같지 않다.

"이따 갈게!"

"아, 오지 마! 유치원 발표회냐고!"

엄마가 키득거리는 소리를 뒤로하고 원호는 얼른 계단을 내려갔다. 한 손으로는 분주히 휴대폰 자판을 누르고 있었다. 코끝부터 뺨까지 어느새 발갛게 변해 있었다. 추위 탓이야. 원호가 중얼거렸다.

　끼이잉— 일렉기타 소리가 길게 꼬리를 끌며 잦아들었다. 요란한 박수 소리가 터져 나왔다. 연주자는 멋쩍게 웃고는 주섬주섬 악기를 챙겨 자리를 떴다. 불이 꺼졌다. 암막 커튼을 단단히 친 강당이 순식간에 캄캄해졌고 사백여 명에 이르는 학생들이 들뜬 소리로 웅성거리기 시작했다.

　무대 뒤편 한구석, 유일하게 조명이 켜진 작은 대기실은 그보다 더 분주할 수가 없었다.

　"다음, 나가자!"

　"네!"

　이번엔 댄스 무대였다. 흰 블라우스에 점프 수트를 덧입은 2학년 댄스 동아리 소속 여섯 명이 원호 앞을 우르르 스쳐 지나갔다. 조급한 발걸음들은 흥분과 긴장과 기대로 들떠 있었다.

　리허설만큼만 한다면 멋진 무대가 될 것이다. 원호가 작게 외쳤다.

　"화이팅!"

　"어, 고맙습니다, 선배님!"

　조금 당황한 기색이지만 그럴 수도 있지. 원호는 뒷짐을 진 채 그 뒷모습을 흐뭇한 눈으로 바라보았다.

"다음, 준비됐니?"

음악 선생님이 다가왔다. 축제의 공연 파트를 총괄하는 선생님의 얼굴은 원호보다 더 긴장되어 보였다. 원호는 고개를 끄덕였다.

"네!"

"리허설도 못 했는데 괜찮겠어? 잘할 수 있지?"

"당연하죠!"

못 믿겠다는 표정이었다. 원호는 억울했다. 리허설을 못 한 건 안타까운 일이지만 사람이 갑자기 아팠던 걸 어찌하겠나. 연습이 충분하니 공연엔 문제없다. 작년 축제 때는 미완성된 곡을 급히 들고 나오느라 어쩔 수 없었지만 이번 곡은 진짜다! 그리고 보시라! 자신은 그날 지적받은 문제를 제대로 해결해 왔지 않느냐! 원호는 거창하게 장광설을 늘어놓고는 마지막 순간에 두 손으로 대기실 구석에 서 있던 나래를 가리켰다. 정신없이 손에 든 쪽지만 들여다보고 있던 나래가 화들짝 놀랐다.

"응? 왜? 뭐가 잘못됐어?"

"아니야. 너무 잘되어 가고 있어."

원호는 그저 웃기만 할 뿐이었다. 자기 집에서 가사를 적은 수

첩을 내밀며 하려고 했던 말, 보보를 보내 주고 밤하늘을 올려다보며 하려고 했던 말, 결국 멋없게 안부 묻는 메시지를 보내며 지르고 말았던 말이 바로 그것이었다.

— 있잖아, 너 보컬 한번 해 볼 생각 없냐?

전송 버튼을 누르자마자 자기 손가락을 부러뜨리고 싶었다. 당연히 안 된다고 하겠지! 얼굴 보고 해 달라고 빌어도 겨우 들어줄까 말까 한 부탁인데! 아니, 빌어도 거의 가망 없는데, 지금 무슨 용기로 메시지 따위로 이런 제안을 한 걸까.

싫으면 안 해도 돼. 너 자장가 불러 줄 때 목소리 엄청 좋았어서, 좀 더 록 발라드 풍으로 불러 봐도 어울리지 않을까 하고. 난 음치니까. 부담스럽지? 미안. 그냥 물어만 본 거야.

대답을 듣는 데 사흘이 걸렸다. 사흘간 고민을 하긴 한 건지 답장은 어이없을 정도로 간단했지만.

— 그러자.

그날 원호는 밀크티 치킨도 먹을 만한 것 같다는 말로 엄마 아빠를 우롱할 여유를 찾았다.

음악 선생님이 조심스럽게 물었다.

"나래야. 괜찮겠어?"

"네. 그럼요."

하나도 안 괜찮아 보였다. 나래는 그야말로 대기실 제일 구석 의자에 찌그러지듯 처박혀서 가사를 적은 쪽지만 뚫어지게 쳐다보고 있었던 것이다. 새하얗게 질린 얼굴로 마른 입술만 자꾸 핥으면서. 선생님의 시선을 눈치챈 나래가 눈을 깜박였다.

"할 수 있어요. 걱정 마세요."

"그래……."

음악 선생님은 여전히 믿기 힘들다는 투였다. 쿵쾅대며 울리던 댄스곡이 어느새 뚝 멎었다. 환호성이 울려 퍼졌다.

"이제 우리 차례다."

원호가 말했다.

"응. 가자."

나래가 쪽지를 접어 주머니에 넣으며 일어났다. 안경을 한 번 추어올리고, 나래는 고개를 반짝 들었다. 그 얼굴을 바라본 음악 선생님이 고개를 끄덕이며 길을 열어 주었다.

나래가 등을 세우고 앞으로 걸어 나갔다. 대기실 문 앞에서 원호가 씩 웃으며 손바닥을 쳐들었다. 나래는 그런 원호를 가만히 쳐다보았다. 웃고는 있지만, 아무렇지 않은 척하고 있지만 잔뜩 굳은 그 얼굴. 가늘게 떨리는 그 손. 원호답지 않다. 지금 긴장하고 있는 것은 오히려 원호였다.

"음."

나래의 속에 남아 있던 긴장감이 완전히 사라져 버렸다. 조금 짓궂은 마음이 든다. 속으로 한 번 웃고서, 나래는 있는 힘껏 그 손을 마주쳐 주었다. 원호가 화끈해진 손바닥을 다리 사이에 끼고 팔짝팔짝 뛰었다.

"으아으!"

"고마워."

"응?"

눈앞이 번쩍인다. 새하얀 스포트라이트가 나래의 머리 위로 쏟아졌다. 마치 무지개의 수송선 빛이 그렇게 했던 것처럼.

원호가 눈을 깜박이더니 뒤늦게 외쳤다. 새빨갛게 달아오른 얼굴로.

"고마워! 나도!"

그 목소리가 응원이었다. 나래는 큰 한 걸음을 앞으로 내디뎠다.

관객석이 물이라도 끼얹은 듯 조용해졌다가 조금씩 수런거리기 시작했다. 그들이 행사 진행표 속의 '송원호'를 보고 기대했던 건 아마 원호와 나래가 하려는 것과는 다른 무대일 것이다.

"어어? 저거 누구야?"

"송원호 차례 아니었어? 그거 하는 거 아냐?"

"윤나래다."

"윤나래? 걔? 걔가 왜?"

눈부신 빛에 한순간 앞이 보이지 않았다 그래서인지 웅성거리는 아이들의 목소리는 귀에 더 잘 들어와 박혔다.

응. 나야. 윤나래. 너희들이 아는 그 윤나래가 맞아. 하지만, 나는 그 윤나래와는 조금 다를지도 몰라.

움츠러들지 않는다.

나래는 걸음을 옮겼다.

천천히 한 걸음 한 걸음 옮길 때마다 스포트라이트가 그녀를 따라오며 빛을 뿌렸다. 무대 한가운데까지 앞으로 다섯 걸음.

뒤를 힐끔 돌아보니 원호가 두 손을 꼭 쥐고서 고개를 끄덕이고 있었다. 그 턱짓에 따라, 나래도 살며시 고개를 움직였다. 그것이 그들의 속도였다. 그들의 리듬이었다.

하나, 둘, 셋.

전주가 시작된다.

원호의 노래. 원호와 나래의 노래. 원호와 나래와 보보가 함께 했던, 그 차가운 11월의 밤을 함께 달려 주었던 노래다. 후들거리는 다리에 힘을 불어넣어 주었던 노래, 절벽 같은 내리막길을 전력 질주하면서 웃음을 터뜨리게 만들었던 그 노래가 시작된다.

그들의 중학교 마지막 축제, 마지막 무대 위에서.

추억이 무지개처럼 마음속을 물들인다.

수백 개의 눈동자가 저마다의 마음을 담고 나래를 올려다보고 있었다. 나래는 그것이 더 이상 두렵지 않았다.

숨을 깊이 들이마시고,

나래는 마이크를 움켜쥐었다.

첫 도전에서는 많은 시행착오를 거치게 마련이다. 『저희는 이 행성을 떠납니다』는 처음 도전해 본 청소년 소설이었다. 주인공들의 기본 설정부터 문장에서 사용하는 어휘의 수준을 정하는 것에 이르기까지 어느 것 하나 쉬운 일이 없이 좌충우돌이었다. 신기한 점은 그렇게 헤매는 과정들이 힘겹긴 했지만 고통스럽진 않았다는 것, 사실은 꽤나 즐거웠다는 것이다. 청소년 소설의 힘과 매력을 배워 가는 소중한 시간들이었다고 생각한다.

많은 분의 도움으로 투박하기만 했던 이야기를 세상에 내놓아도 부끄럽지 않은 정도로 다듬을 수 있었다. 그 과정 또한 내겐 큰 즐거움이었다. 이야기란 작가에 의해 쓰이지만, 독자를 위한 것이라고 생각한다. 저자의 이 첫 도전을 독자분들께서는 어떻게 봐 주실지 기대도 크고 걱정도 크다.

지금까지 써서 출간한 다른 작품들과 마찬가지로 『저희는 이 행성을 떠납니다』 또한 모험 소설로 분류될 수 있을 것 같다. 아주 어린 시절부터 모험 소설을 좋아했다. 『톰 소여의 모험』부터 『반지의 제왕』까지, 현실을 박차고 나간 주인공들이 온갖 고난과 시련을 멋지게 극복하고 금의환향하는 서사에 가슴이 두근거렸다. 특히 내가 좋아하는 이야기는 주인공이 영웅이 아닌 이야기들이었는데, 그러고 보면 톰도 프로도도 모두 그 세계 안에서는 평범하기 그지없는 보통 사람들일 뿐이다. 강하고 용감하고 아름답고 화려한 영웅들의 이야기도 좋지만 그것은 '그들'의 영웅담이고, 결국 가까운 '우리들'의 이야기에 내 손을 잡아 주는 순간의 특별한 온기가 있다고 믿는다. 그런 이야기를 쓰고 싶었다.

빠를수록, 냉정하고 현실적일수록 이득을 얻기 쉬운 우리의 세계에서 나래는 너무 느리고 원호는 너무 꿈이 많다. 둘은 어쩌면 보석과 왕관을 거머쥔 영웅이 되진 못하겠지만 그런 것은 아무래도 상관없지 않을까. 서툴고 요령 없고 겁도 많은 둘이지만 그래도 그들은 용기를 냈다. '길 잃은 아기를 가족한테 데려다준다'라는 단순하지만 인간적인 목표를 위해서. 결국은 그 행위가 한 종족을 구한다는 원대한 결과로 나타났지만 사실 그것은 부수적인 이야기라고 생각한다. 둘은 그 여정에서 자기 자신을 좀 더 다정한 눈으로 들여다보고 한 걸음 앞으로 나아갈 수 있었다. 옆 사람을 돌아보고 웃을 줄 알게 되었다. 그것이 그 두 사람이, 그리고 우리가 얻은 보석보다 왕관보다 더 빛나는 전리품이라고 믿는다.

어쩌면 우리의 현실 속 일상도 그런 '소소한' 모험의 연속이 아닐까 생각한다. 여러분의, 우리 모두의 모험이 멋지게 마무리되길 응원하는 마음으로 계속 글을 써 나가고 있다. 언제나 그런 마음이다.

부끄럽게 내민 어설픈 초고에 아낌없는 조언과 응원으로 등을 떠밀어 주신 동료 창작자님들과 이야기의 가능성을 살펴 주신 심사위원님들, 비룡소 여러분, 그리고 우리 주인공 친구들의 여정을 따뜻한 마음으로 좋게 평가해 주신 청소년 독자님들 덕분에 이 책이 세상에 나올 수 있었다. 이 자리를 빌려 진심으로 감사드리고 싶다. 아껴 주신 분들의 마음에 보답할 수 있었으면 좋겠다.

2023년의 초입에서
최정원

청소년 심사위원단의 심사평 중에서

외계인이라는 신선한 소재가 가져오는 스릴과 코끝이 찡해 오는 감동은 말로 표현할 수 없다.
-과천문원중학교 1학년 김여진

흔한 외계인 소설의 클리셰를 뒤튼, 정말 흥미로운 책이었다.
-운중중학교 2학년 김태림

지구를 좋아하는 '작고 동그랗고 말랑한' 무지개 아기의 시선으로 바라본 상황이 너무 아름다웠다. 또 나래의 말도 인상 깊었다. '고마워, 우리를 좋아해 줘서. 나도, 나도 좋아하려고 해 볼게. 노력할게.'라는 말에서 기쁨으로 눈이 빛나는 나래가 느껴졌다. 정말 아름다운 이야기였다.
-인천성리중학교 2학년 김소현

이 책을 집어 든 순간부터 완독할 때까지, 난 책을 손에서 놓지 못했다. 박진감 넘치는 전개, 뛰어난 상상력, 개성 있는 인물들이 모두 합쳐져 흡인력 강한 이 책을 만들어 낸 것 같다. 유쾌하면서도 때론 울게 만드는 이 매력 넘치는 책을 어서 다른 이들에게 추천해 주고 싶다.
-신천중학교 2학년 김희서

인종 차별, 젠더 갈등 등… 끊임없이 갈라지고 다투고 차별하는 사회에서 주인공인 나래와 원호는 한 줄기 빛처럼 무지개인 보보를 보호한다. 버거울 수 있는 '차별'이라는 소재를 순수한 주인공들의 성장과 함께 녹여 냈다는 점이 인상 깊었다.
-보은고등학교 1학년 박규민

다름을 이해하기보다는 구별하려 드는 사회에서, 정반대의 성격을 가진 두 아이는 '차이'가 공생하는 데에 아무 문제가 되지 않는다는 것을 보여 준다. 우리는 모두 다르다. 그리고 그것은 틀린 것이 아니다. 차이를 받아들이지 않는 그들의 마음이 틀린 것이다.
-이현중학교 3학년 박지혜

우리의 고민과 간간이 맞이하는 실패는 절망이 아니라 희망이라고, 보보가 이 책을 통해 말해 주었다.
-장당중학교 3학년 위수연

다정하면서도 휘몰아치는 책이다. 주인공들이 느리고, 헤매고 있다는 설정과 반대로, 이야기는 하나의 중심 사건을 빠른 호흡으로 이끌어 간다. 그 빠른 호흡에 이끌린 것인지, 혹은 세밀한 묘사에 이끌린 것인지, 이야기의 시작과 함께 글에 빨려 들어갔다. 마음속에 스며 번져 나가는 생생함과 따뜻함이 좋았다.
-매원고등학교 1학년 이세영

책을 읽으며 나는 원호와 나래, 보보를 따라가는 느낌이었다. 서툴게나마 좋은 사람이 되기 위해 애쓰는 그들을 어떻게 싫어할 수가 있을까.
-상암중학교 2학년 이수빈

나래의 목소리가 또렷해져 가는 과정과 보보의 귀환이 마치 하나의 사실적 환상처럼 다가왔다. 마치 '틀린 것'처럼 느껴지는 '다른 점'. 그런 다른 점이 관점을 조금만 달리하면 그 사람을 사랑할 이유가 될 수 있다는 걸, 나래와 원호의 모습에 대입해 우리에게 전달해 주는 듯하다. 또 한편으론 몰랐던 내 흉터가 치유되는 느낌이었다.
-수내중학교 2학년 이은율

같은 세계에 살지만 가끔씩 전혀 다른 세계에서 살고 있는 것 같은 두 명의 청소년들을 통해 외롭지만 사실은 혼자가 아니라는 것을 느낄 수 있었다.
-대왕중학교 2학년 임태린

아무리 느려도, 늦어도 분명히 우리를 기다려 주는 누군가가 존재할 테니, 천천히 그러나 부지런하게 우리만의 속도로 세상을 살아가면 된다고. 우리에게는 그럴 용기가 있다는 메시지를 흥미진진하고 감동적으로 전해 주어 좋았다.
-우석중학교 3학년 정예린

틴 스토리킹 청소년 심사위원 모집이 궁금하다면 비룡소 홈페이지 bir.co.kr을 참조해 주세요.

전국의 중고등학생들이 직접 뽑은 청소년 문학상
제3회 틴 스토리킹 심사위원을 소개합니다.

강은서	양산여자중학교 1학년	김주경	전주우전중학교 1학년
강지환	대구영남중학교 2학년	김준현	신곡중학교 2학년
고건	삼호고등학교 3학년	김지우	대구강동중학교 1학년
고예은	제주여자중학교 1학년	김지윤	SSI 2학년
고예준	충현중학교 1학년	김태림	운중중학교 2학년
고우리	삼호고등학교 1학년	김태은	대구소선여자중학교 1학년
고혜원	평촌중학교 1학년	김하경	산내중학교 1학년
구본준	도당고등학교 2학년	김희서	신천중학교 2학년
권유나	도촌중학교 1학년	남준서	무룡중학교 2학년
김규빈	인천신송중학교 1학년	노민석	평택중학교 1학년
김나윤	감계중학교 1학년	노승혁	용현중학교 1학년
김도연	울산구영중학교 1학년	노은서	서울광남중학교 2학년
김민서	진천여자중학교 1학년	류해윤	불암중학교 1학년
김서윤	익산원광여자중학교 1학년	문한결	성문중학교 2학년
김세인	중계중학교 1학년	박규민	보은고등학교 1학년
김소현	석관중학교 3학년	박민우	무학고등학교 1학년
김소현	인천성리중학교 2학년	박서희	서울길음중학교 2학년
김시현	석천중학교 1학년	박주영	전주서신중학교 3학년
김여진	과천문원중학교 1학년	박지민	초당중학교 2학년
김연우	새샘중학교 1학년	박지수	숭의여자중학교 2학년
김영성	이야기학교 7학년	박지혜	이현중학교 3학년
김예나	야탑중학교 1학년	박지호	송정중학교 2학년
김예은	구월여자중학교 1학년	박찬희	이현중학교 1학년
김예진	광려중학교 3학년	방채원	서울양진중학교 2학년

배규은	전곡중학교 2학년	**이현수**	더불어가는배움터길 3학년
성지훈	성광중학교 1학년	**임사라**	일신여자중학교 1학년
송아인	서울문영여자중학교 1학년	**임서율**	헤이븐기독학교 1학년
안소연	부천여자고등학교 1학년	**임태린**	대왕중학교 2학년
안유은	장승중학교 1학년	**임현**	충남여자중학교 2학년
안향	인천부평여자중학교 1학년	**장세빈**	감계중학교 3학년
오장현	둔촌중학교 2학년	**장소율**	능동중학교 1학년
오채원	주월중학교 1학년	**정소희**	하안북중학교 2학년
옥빛나	청계중학교 1학년	**정승주**	덕원중학교 3학년
위수연	장당중학교 3학년	**정예린**	우석중학교 3학년
윤예린	섬강중학교 1학년	**정지우**	신서중학교 1학년
이다은	현암중학교 2학년	**조예준**	신남중학교 2학년
이든	봉은중학교 3학년	**진해녕**	신서중학교 1학년
이부은	대신여자중학교 3학년	**진해봉**	신서중학교 1학년
이상엽	신탄진중학교 1학년	**차해인**	미양중학교 1학년
이서윤	이현중학교 3학년	**채다솔**	이야기학교 7학년
이선호	고명중학교 1학년	**최다연**	장평중학교 2학년
이세영	매원고등학교 1학년	**최유찬**	인천검단중학교 2학년
이수빈	상암중학교 2학년	**최혜아**	대전외삼중학교 1학년
이신영	풍천중학교 1학년	**함시우**	이야기학교 7학년
이여원	상암중학교 3학년	**현서현**	동도중학교 1학년
이우림	고촌중학교 1학년	**홍유진**	은여울중학교 3학년
이은율	수내중학교 2학년	**황보상림**	천안성성중학교 1학년
이준우	장흥중학교 2학년	**황서영**	숙명여자중학교 2학년
이지윤	안동여자고등학교 3학년		

* 명단에 기재되지 않은 세 분은 개인 사정으로 심사를 중도 포기하셨음을 알려 드립니다.

* 청소년 심사위원들의 학년 및 학교명은 심사가 이루어진 2022학년도 기준입니다.

최정원

읽는 즐거움이 있는 이야기를 쓰는 것을 목표로 다양한 장르의 글쓰기에 도전하고 있다. 『폭풍이 쫓아오는 밤』으로 제3회 창비x카카오페이지 영어덜트 소설상 우수상을 수상하고, 『저희는 이 행성을 떠납니다』로 제3회 비룡소 틴 스토리킹 상을 수상했다.

저희는 이 행성을 떠납니다

1판 1쇄 펴냄 2023년 2월 14일
1판 4쇄 펴냄 2024년 7월 9일

지은이 최정원
펴낸이 박상희
편집주간 박지은
편집 장은혜
디자인 이지인
펴낸곳 (주)비룡소
출판등록 1994년 3월 17일 제16-849호
주소 06027 서울시 강남구 도산대로1길 62 강남출판문화센터 4층
전화 02)515-2000 팩스 02)515-2007
홈페이지 www.bir.co.kr
제품명 어린이용 각양장 도서 제조자명 (주)비룡소 제조국명 대한민국 사용연령 3세 이상

ⓒ 최정원 2023. Printed in Seoul, Korea.

ISBN 978-89-491-3702-5 43810